クラスでバカにされてるオタクなぼくが、気づいたら不良たちから崇拝されててガクブル 2

諏訪錦 Suwanishiki

アルファポリス文庫

JN190939

http://www.alphapolis.co.jp/

主な登場人物
Main Characters
間久辺比佐志《まくべひさし》
揺るぎないボッチの座を誇る、クラスカースト最下位のオタク。覆面グラフィティライター“線引屋”という裏の顔を持つ。
石神冴子《いしがみさえこ》
読者モデルとして活躍する間久辺のクラスメイト。実は心優しいギャル。
アカサビ
真っ赤な髪が特徴的な、最強と噂されている“喧嘩屋”。強い使命感を持つ。

加須浦百合《かずうらゆり》

間久辺のクラスメイトで、憧れの相手。
明るく天真爛漫な、天使のような女の子。

御堂数《みどうかずし》

マッドシティの走り屋集団“スカイラーズ”の
元メンバー。間久辺のサポートに奔走する
ヘタレヤンキー。

与儀映子《よぎえいこ》

“CAGA丸”と呼ばれるプログラフィティライター。
グラフィティ用品を扱う『Master Peace《マスターピース》』の店主。

鍛島多喜親《かじまたきちか》

マッドシティ最大勢力“マサムネ”のリーダー。
大規模組織“千葉連合”の幹部を務める。

戸波加南子《となみかなこ》

ウェブ雑誌『オンライン版ストリートジャーナル』
の記者。与儀の旧友で、線引屋の正体を追っている

この作品はフィクションであり、実在の個人・
団体・事件などとは、一切関係ありません。

プロローグ

ぼく、間久辺比佐志《まくべひさし》は、とある作業をこれから行うべく、自室を厳重に締め切っていた。本当は、換気《かんき》のために窓だけでも開けておきたかったのだが、一一月の外気温は、気合で乗り切れるほど生易《なまやさ》しくはない。

寒いといえばクラスの運動部連中が休み時間の度に、意味のわからないお笑い芸人の劣化版みたいなノリで騒ぎ出す様子が思い出される。あれもまた、冬に近づくこの時期の空気に負けず劣らずの寒さだ。

ただまあ、ぼくの周囲に漂う隠しきれないボッチオーラに比べれば、いくらかマシなのだろうけれど。

客観的に自分を見ることが出来るというのも、こういうときばかりは考え物だ。なにも考えず、なにも感じずに日々を過ごすことが出来たなら、きっと人間はいまよりも幸せになれるのではないかと本気で思う。

しかしながら、そうなった場合、そもそも幸福すらも感じられない人間になってしまうのではないかというロジックの矛盾にぶち当たってしまう。結果的に総攻撃を食らいそうなので、この論法を学会に提出するのは差し控えておこう。ちなみに学会とは、日々ぼくが書き込みをしているネット掲示板のことを指す。

オタクというのはなぜか知識人ぶりたい人種が多いため、簡単に頭が良く見える秘技、他人の意見を否定するという行動から入りたがる。そんな人間しかいない掲示板《学会》なんかに持論を投じたところで、タコ殴りは確定だ。

そもそもオタクは、同族に対してすら仲間意識よりも警戒心を持つ傾向にあるため、基本的にわかり合うことは難しい。ヤマアラシのジレンマなんて言葉もあるが、彼ら顔負けの悲しい生き物なのだ、ぼくたちオタクは。

その場かぎりの関係で完結するネットですらなかなかわかり合えない人間が、複雑化する現実世界で他人から理解されることは、言うまでもなくさらに難しい。一応ぼくにも、数少ない理解者であるオタク仲間が、同じ高校の美術部に二人ほどいるのだが、彼らは別のクラスのため、ぼくはクラス内で揺るぎないボッチの座を確立している。

まあ、一時期面倒くさい絡《から》み方をしてきた運動部連中が大人しくなったことを考えれば、以前よりはマシだ。

それに関しては、石神《いしがみ》さんに感謝しなくてはならない。

石神冴子《さえこ》。

ステータス、攻撃力・三五〇〇、守備力・二二〇〇。属性は悪魔。カードゲーム風に言うと、こんなところだ。

補足しておくと、彼女はリアルに読者モデルなんてことをやっているらしく、超ハイスペックな女子高生だ。明らかに染髪《せんぱつ》して栗色《くりいろ》になった髪を、地毛だと言い張る豪胆《ごうたん》さを備えている。ちなみに、必殺技は『鋭い眼光』。そのひと睨《にら》みで、何度となくぼくは怖い思いをしてきた。間久辺比佐志という名の闇属性（心に闇を抱えた属性）の低級モンスターは、精神というう名のライフポイントを削られる日々を送っていたのである。

だが、最近はそんな彼女の鋭い眼光が向けられる対象はぼくではなく、ぼくに嫌がらせをしていた運動部連中になった。

これには、実は理由がある。以前石神さんは不良のいざこざに巻き込まれ、隣町の不良たち『黒煙団《ブラックスモーカー》』に誘拐《ゆうかい》されかけたことがあった。そのときに、救い出す手助けをぼくがしてから、彼女のぼくに対する態度は明らかに優しくなったように思う。

感謝してくれるのはいいが、ぼくから言わせてもらうともう過去のことだし、なにより当然のことをしたまでなので、いつまでも気にしないでもらいたい。

だが、やはり彼女の発言力のおかげで、前よりクラスで過ごしやすいようになったのは間違いない。それについてはぼくとしても感謝している。

しかし解《げ》せないのは、いまでも彼女がたまにぼくを睥睨《へいげい》してくるときがあるということだ。あれはいったいなぜなのだろうか。三つ子の魂《たましい》百までと言うし、やはり人の性格はそうそう変わらないということか。

さて、高校生活に対してヘイトばかりが溜まっているぼくがため息を吐《つ》きたくなる理由もこれで概《おおむ》ね出揃った。次は心のオアシス、加須浦《かぞうら》さんについて触れておく必要があるだろう。

加須浦百合《ゆり》。

ステータス、攻撃力八〇〇、守備力二八〇〇、属性は天使。必殺技である『天使の微笑《ほほえ》み』でクラス内の有象無象《うぞうむぞう》の心を鷲掴《わしづか》みにする。

補足するならば、彼女はぼくのマジ天使——以上。

いまさら彼女の可愛さについて触れる必要などないだろう。それにもしもぼくにそのことについて語らせたら、恐らく長編映画を一本見終わるくらいの時間が費《つい》やされると覚悟していただきたい。文字数で言ったらおよそ二〇万字ほどだ。

そういえば今日も、相変わらず、加須浦さんは愛らしい笑顔を振りまいていたっけ。屈託《くったく》ないその笑顔を見ているだけで、ストレス社会を生きるぼくの心は洗われるようだった。しかも、髪を切ったのか、ボブカットの髪が切り揃えられ、黒髪の天辺《てっぺん》には光を反射した天使の輪まで見えていた。なんというキューティクル。その神々《こうごう》しい姿に、思わずぼくは席を立ちあがり、移動する振りをして加須浦さんに近づいた。

なけなしの勇気を振り絞り、ぼくは、彼女の横を通り過ぎる間際、「……髪、切ったんだ」と小さく声に出した。あくまで、偶然気付きましたよという風を装いながら、同時に、女子の変化に目敏《めざと》い男なんだよ、という部分もアピールしておこうという、ぼくの完璧な作戦だったのだが――あれ、なんか加須浦さんビックリしてない？

というか、なんだか引きつった笑顔だったんだけど。

『お、驚いたぁ。お母さんに毛先を揃えてもらっただけなんだけど、よく気付いたね』

え、嘘《うそ》ぉっ？　これって物凄い変化じゃない？

もしかして、気付いてたのぼくだけ？

完全にやらかしてしまった。これではまるで、ぼくが普段から加須浦さんのことをジーッと見つめていて、髪を数ミリ切っただけでその変化に気付いてしまうヤバいヤツみたいじゃないか。

事実その通りではあるんだけど、そんなに引きつった笑顔にならなくてもいいんじゃないかな。いつもは弾けるような笑顔を見せる加須浦さんも、笑い方を忘れてしまったかのように不自然に口元を歪《ゆが》ませていた。

これはだいぶやらかしてしまった。

まあ、運動部連中がぼくに対して、『お前は、呼吸する度に恥を晒《さら》しているんだぞ』って言っていたし、これ以上の生き恥はないはずだ。そう思い、その場から逃げ出そうとする際、加須浦さんと話をしていたのか、側にいた石神さんがぼくのことを思い切り睨んでいた。加須浦さんは必殺技の天使の微笑《ほほえ》みを忘れてしまっていたが、石神さんに関しては得意の鋭い眼光が健在だ。

だけど、どうしてぼくが睨まれなければならないのか、その意味はよくわからなかった。

私の友達に変な視線を向けるな、といったところだろうか？

相変わらず石神さんのことはよくわからなかった。そもそも、ギャルとオタクではお互いを理解しようとすること自体難しいのだろう。優しくしてきたかと思えば、急にぼくのことを睨みつけてくる。彼女は悪魔というよりも、小悪魔のように気まぐれで、ぼくにはその心が理解出来そうにない。

今日の学校での出来事を想起しながら、ぼくは準備を進めていた。自分の部屋には鍵が設置されていないため、扉がすぐには開かないように、椅子《いす》と壁を利用してつっかえ棒の代わりにする。我が家には、思春期の男子高校生の部屋でもノックもせず平気で入って来る恐ろしい妹が生息しているため、気を抜けないのだ。

こういう言い方をすると、ぼくがこれからやろうとしていることが、なんだかいかがわしい行為みたいに聞こえるかもしれないが、もちろんそうではない。

家中から掻《か》き集めてきたカレンダーや、片面印刷のチラシなどを、セロハンテープで貼り付け、巨大な一枚の紙にする。それをひっくり返し、裏面の白紙部分を表にして準備完了。床一面に大きな白い紙が現れた。

よしっ、と気合を入れて一回頷《うなず》いたぼくは、いつも持ち歩くカバンの奥底からナップザックを取り出し、中からスプレーインクを八本すべて取り出す。

今日、学校で加須浦さんが髪を切った話をしたあとの出来事。彼女が熱心に話していた内容について、ぼくは思い出してみる——

『ねえねえ冴子、聞いてよ。私、最近グラフィティにハマってるんだ』

グラフィティ。直訳するなら落書きとなる、スプレーインクやフェルトペンを用いてガード下など人気《ひとけ》の少ない場所に許可なく落書きを行う、不良文化の一つだ。普段、真面目な印象を受ける加須浦さんからこういう発言が出るというのは意外だった。

石神さんは、スマホをいじりながら、話半分で加須浦さんの言葉を聞いていたのだろう。返答も適当だった。

『ハマってるって、それ、あの変な覆面《ふくめん》したヤツの影響でしょ？　名前なんだっけ？　越後屋だっけ？』

誰がお菓子《かし》の詰め合わせの中に小判仕込んでいる小悪党だ。

『もう冴子っ、何度も言ってるじゃん、線引屋さんだよ。いい加減覚えてよね』

ぼくが言いたいことを、加須浦さんがしっかりと代弁してくれた。

『線引屋さんはすごいグラフィティライターなんだよ。あの駅前で一番大きなライズビルの壁に、一晩の内に大きなグラフィティを仕上げたのは、すでにネットじゃ伝説になってるんだから』

ほら、これっ！　と言って加須浦さんが石神さんにスマホを見せる。恐らくそのときに描かれたグラフィティの画像を見せているのだろう。

ライズビルというのは、近隣で一番人の利用が激しい駅のすぐ目の前にある、巨大複合ショッピングビル、サンライズビルの通称だ。今年の夏頃から一〇月にかけて改装が行われており、その期間に、線引屋の手によってグラフィティが描かれた。

そのグラフィティは、ビルの改装がほぼ終了している現在ではすでに見ることが出来なくなっている。しかし、ネットで調べれば画像がいくらでも出てくるようだ。

『ねえねえ、見て見てこれ。すごくない？　スプレー缶一本でこれだけの絵を完成させるなんて、感動するでしょう？』

正確には、それは一本で描かれたものではない。輪郭線《りんかくせん》を描いた下絵に、複数のスプレーインクを使用して、陰影を付けることで絵を浮かび上がらせる、ポスタリゼーションという技法が用いられている。

あまりに加須浦さんが言うものだから、一瞬だけちらっと画像に目をやった石神さんは再び自分のスマホに視線を戻して、一言。

『でもそれ、犯罪でしょ？』

それを言われたら、加須浦さんも返す言葉がなくなる。

グラフィティは、無許可でやればもちろん違法行為だ。このライズビルのグラフィティは、ビルが改装されているというタイミングだったからそれほど大きな問題にならなかったが、本来なら警察が捜査《そうさ》に動いてもおかしくない行為だ。

石神さんの正論に一瞬黙り込んだ加須浦さんだったが、それでも反論する気持ちはあるみたいだ。

『で、でもカッコいいんだからしょうがないじゃない。それに、私だけじゃなくてネットでも謎の覆面グラフィティライターがカッコいいって言ってる人大勢いるんだからね』

『あっそ、ふーん。ウチはぜんぜん興味ないけどね』

『もぉ、冴子なんか冷たーい。っていうか、さっきからずっとスマホでなに調べてるの？』

そう言って石神さんのスマホを覗《のぞ》き見する加須浦さん。そういう悪戯《いたずら》っ子な仕草もたまらないな、と盗み見するぼく。

すると、石神さんのスマホを見た加須浦さんが声をあげる。

『あれ、冴子、髪切るの？』

その言葉に反応した石神さんが、大袈裟《おおげさ》なほど身を翻《ひるがえ》してスマホを隠した。

『ちょっと、勝手に見ないでよ！』

『ご、ごめん。でも、そんなに怒ることないじゃん』

『……別に怒ってないし。ただ、びっくりしただけで』

『そ、そうなんだ』

なんだろう。遠くから、しかもこっそり見ているだけでは詳しくわからないが、二人の間で微妙な空気が流れているようだ。一瞬沈黙が流れる。

その空気を切り替えるように、加須浦さんが口を開く。

『あれ？　でも冴子、ついこの前、読モの企画でヘアスタイリストさんに髪の手入れしてもらったって言ってなかったっけ？』

『べ、別にいいじゃんっ。切ってもらいたい気分なんだから！』

そう言って、いきなり視線をこちらの方に向けてきた石神さん。

ぼくは慌てて視線を逸《そ》らす。盗み見ていたことに気付かれていたとしたら、これで誤魔《ごま》化《か》せたとは思えない。それにぼくの視線に気付いてこちらを見たんだとしたら、目を逸らしたせいで余計に怪しまれてしまったかもしれない。

『なに見てんのよ、キモオタ！』

これくらいの罵声《ばせい》は覚悟しておいた方がいいだろう。

そう思って覚悟を決めていたのだが、一向に罵声は飛んでこなかった。恐る恐る二人の方を見ると、なぜかニヤニヤしている加須浦さんと、不機嫌そうにそっぽ向く石神さんの横顔がそこにはあった。理由はよくわからないが、どうやら怒られずに済んだようだと、ぼくは安堵《あんど》した。

それからも、二人の会話は続いた。

基本的には、加須浦さんがグラフィティについて、ネットで仕入れた知識を一方的に話すのを、石神さんが軽く聞き流すという時間が流れていた。

『タギング』

加須浦さんがそう言って、タギングについての説明を始める。

『タグっていうのは、グラフィティライターにとって自分のサインみたいなもので、それを描く行為をタギングって言うんだよ。グラフィティの中では基礎中の基礎だね』

――ぼくは学校でそう話していた加須浦さんの説明を思い出しながら、自室でスプレー缶を握る。

彼女の言う通り、タギングはグラフィティの基礎中の基礎で、言ってしまえば自分のサインを描く行為を指す。そもそもグラフィティの起源は、自己主張を目的として始まったもので、自分、または自分が所属するチームのサインを街の壁に描くことで縄張りの主張を行っていたと言われている。

ぼくは黒色のスプレーインクを手にすると、テープで止めて床いっぱいに広がった白紙の端っこに、タグを描いていく。完成するまでの時間、およそ一〇秒。グラフィティをやり始めたばかりの頃はもっと長い時間かかっていたが、何度も練習して、ここまで時間を短縮することが出来るようになった。

グラフィティライターにもさまざまなジャンルの絵を描く人物がいるが、タグに関しては誰しもが通る道。そして無許可でグラフィティを街に残すようなイリーガルなライターは、タグ一つ描くにしても、その瞬間をなるべく見られないようにスピードを求める必要が出てくる。

もっとも、スピードを求める動きはタギングに限った話ではない。グラフィティがアメリカの若者たちの間で広まると、競い合いは過熱し、タグよりも更に目立つグラフィティを求めるようになった。その過程で生まれたのが、短時間で仕上がるスローアップと呼ばれる作品だ。

スローアップとは単純な構図で描かれた作品を指し、一色ないし二色ほどで描かれた簡単なデザインの絵柄を意味している。ぼくが街中で見かける、他のライターのグラフィティのほぼすべてがタグかスローアップ作品だ。

まあ、この街は人の行き来が激しいため、目立つ場所にグラフィティを描こうと思ったら、深夜でも人の目があることを覚悟しなければならない。そのため、必然的に時間を掛けずに描ける、スローアップ作品かタグに偏《かたよ》ってしまうのだ。

加須浦さんは、さらに説明を続けていたっけ。

『その簡単に描けるタグでも、ワイルドスタイルっていう独自のセンスで歪められた文字がまたカッコいいんだよ！』

ワイルドスタイル。

今度は、さっき描いたタグの少し上に、文字を崩してタグを描いた。

ワイルドスタイルと呼ばれるタグは、ほとんどの場合、描いた当人にしかわからないほど文字が歪められたものになる。本来、自己主張を目的としたタグと相反《あいはん》しているように感じるが、多くのグラフィティライターが壁に自分のタグを描くようになると、そこに個性が求められていった。根本的に目立ちたいという思いでタグは生まれたため、他のライターが描いたものよりも目立つ作品を作り出す、という思いからワイルドスタイルが生まれたのである。

現在のグラフィティライターのほとんどがこのワイルドスタイルか、あるいはバブルレターと呼ばれる丸みを帯びた文字でタグを描く。だから、読みやすさを重視して細い線で描くようなタグがダサいと評されるのは仕方のないことかもしれない。グラフィティをアートだと評価する芸術家などもいるが、やはり根底には不良文化としての性質が色濃く残っており、不良たちが常に考えるのは、イケているかどうか。見た目がカッコいいワイルドスタイルが流行《はや》るのは当然の帰結だ。

それだけではなく、加須浦さんは他にもこんなことを言っていた。

『グラフィティって文字だけじゃないんだよ。キャラクターって呼ばれる、人や動物を描くのもあるの。中には可愛いデザインのものもあるんだよ』

次はキャラクターか。

ここまでくると、イリーガルなライターはかなり前準備が必要になってくる。キャラクターのように複雑な線引きが必要となると、タグやスローアップ作品のように数分で仕上げることは難しいだろうし、仮にその時間で仕上がるのだとしたら完成度は期待出来ない。それなら、わざわざキャラクターを描かず完成度の高いタグやスローアップ作品を仕上げた方が、大衆の目は引きやすいだろう。

キャラクターの代表といえば、広義の意味でグラフィティに含まれる、第二次大戦頃からさまざまな場所で発見された『キルロイ』が有名だ。

初めてネットでキルロイというキャラクターを見たとき、ぼくは素直に感心してしまった。あれほど簡単なデザインで描かれているにもかかわらず、一目見ただけで忘れられない印象を与えるデザインというのは、それだけで凄い。一般的にはキャラクターのデザインは手が込んでいるのが普通だ。特に、グラフィティではアメコミのような、キャラクターの造形が全体的に厚みを帯びているような作品が多く見受けられるのも特徴の一つと言える。それには、インクを何度も重ねて色に厚みを出す必要があるため、それだけでもかなりの時間を要するのだ。

しかし、キルロイというキャラクターは、誰でも一度見ればすぐに模倣《もほう》が出来てしまう簡単なデザインでありながら、人の目を引く造形をしている。それが故に第二次大戦中はアメリカ軍の基地内部や、装備品にまで描かれているのが発見され、国のトップをも不思議がらせた落書きとして有名になった。

ちなみに、ぼく個人としてはクールジャパンの観点から、誇るべきジャパニメーションの精神を受け継いだ作品が好みだ。そもそも、一番初めにぼくが描いたグラフィティは、アニメに出てくる魔法陣だったしね。そう思ったぼくは、個人的に大好きなアニメ、『ドドメキ〜ドキドキ明星貴族学園《めいせいきぞくがくえん》〜』のヒロインを紙の中心部に大きく描いた。

ここまで、タグ、スローアップ、ワイルドスタイル、キャラクターと描いてきたぼくだが、そこで時計を確認してため息がこぼれる。

タグを描き始めてから、最後のキャラクターを書き終えるまでに要した時間は一時間以上。タグやスローアップはほとんど時間を取られることがないが、ワイルドスタイルからは最低でも三〇分以上の時間を必要とした。紙でこれだけ時間がかかるということは、描くのがより難しい壁となると、さらに時間を取られてしまうだろう。

学校で、加須浦さんはそれらすべてを説明し終えた後に、こう続けていた。

『いま説明した、タグ、スローアップ、ワイルドスタイル、キャラクターをまとめて描いた作品を、マスターピースって言うんだよ。これを街で見かけることはまずないみたい。あの線引屋さんがライズビルに描いたのだって、タグとキャラクターの二種類。もう一種類くらいグラフィティが入らないとマスターピースとは言えないんだよ』

加須浦さんが言っていた通りだ。あらためてマスターピースを描こうと思うと、かなりの時間を必要とする。かなり急いで描いても、一時間、あるいは二時間かかってしまうのだから、イリーガルのライターが街中でマスターピースを仕上げることはまず不可能だろう。その前に見つかって、警察に通報されるのが目に見えている。

まあ、マスターピースの定義というのは実際のところ明確に決まっているものではない。大勢の人がそれを『傑作』と捉えるかどうかで決まってくる。

いつかはグラフィティライターとしてマスターピースを描いてみたいと考えながら、ぼくは、スプレーインクを入れていたナップザックに再び手を入れ、触れた硬い感触の物を取り出す。

加須浦さんは最後にこう付け加えていた。

『はあぁ。いつか線引屋さんがマスターピースを描いているところを見てみたいな。欲を言えば、あのガスマスクの下の素顔も見てみたい。絶対カッコいいに決まってるよ』

ぼくは、ドクロのガスマスクを手にしながら、部屋に置いてある姿見に自分の顔を写し、思わずため息がこぼれた。

……地味な顔でごめんなさい。

きっと、ガスマスクの下の素顔を見たら加須浦さんはガッカリするだろう。だから絶対に見せる訳にはいかない。まあ、そうでなくても、街の若者で謎のグラフィティライター線引屋の名前を知らない者はいないというくらい有名になってしまっているのだ。正体がバレたら大事《おおごと》になってしまう。

正体不明の覆面グラフィティライター。線引屋の正体がこのぼく、間久辺比佐志だというのは決して知られてはならないことだ。

二時間ほど集中してスプレー缶を握っていたぼくは、さすがに疲労を感じ、一休みすることにした。その間、スマホを片手にネットでグラフィティについてあらためて調べてみる。

グラフィティの基本的な技術に関しては、何度も練習することで身についているが、新しい技術や道具を利用したものについては知識として持っていない。言っても、線引屋として活動するようになってまだ一ヶ月も経っていないのだ。

動画サイトで海外のグラフィティライターがアップしている動画を見ていると、面白いものがいくつも見つかった。

消火器を改造して、中身をインクに変えた物でブランドショップを滅茶苦茶に汚したり、水鉄砲に色付きの水を入れ、白い壁で覆われた豪邸を襲撃したりする過激な動画。有名なアーティストのアルバム発売の広告として、切り抜きをした型紙を道路に貼り付け、強力な洗浄剤で汚れを落として広告の文字の部分だけを浮かび上がらせるといった動画がアップされていた。

それらの動画は、やり方から道具、過激さに至るまで、まるで似ても似つかないが、すべて広義ではグラフィティに含まれるものだ。

グラフィティの違法性を無視して芸術だと語るアーティストを、ぼくはあまり快く思っていない。自分たちの行動が悪いことだという大前提を無視して、芸術という名前を使って正当化するのはどこか違うような気がする。だからぼくは、あくまでグラフィティライターであって、アーティストを名乗るつもりなどない。

もちろん、ぼく自身、自分がやっていることが悪いことだという認識は持っているし、だからこそ、こうして部屋に籠《こも》ってグラフィティの練習をしている。

ただ、そこにはどうしても満たされない欲求がある。

誰かに見つかってしまうのではないかという緊張感と、巨大な壁に思うままにイメージをぶつける快感がない交ぜになった気持ち。このふたつは、いくら巨大な紙にぶつけたところで満足出来ない感情だ。

自分でも、危険な世界に足を踏み入れてしまっているという自覚は持っているが、やめられないのもまた事実。

実際、線引屋という存在がなぜ、ここまで熱狂的に若者を中心に持ち上げられたのか。

それは、グラフィティという違法行為に危険な魅力を見出したからだとぼくは考えている。

もちろん、インターネットという媒体《ばいたい》があったからこそここまでの盛り上がりになったのは間違いない。特に、その火付け役となった『オンライン版ストリートジャーナル』という情報サイトの影響は非常に大きい。

コンビニでも売られている紙媒体の若者向けファッション雑誌『ストリートジャーナル』。その本誌では取り上げられないような、かなりアンダーグラウンド寄りの情報を取り扱っているサイトで、線引屋のことが取り上げられたのが切っ掛けとなり、ここ最近ではこれまで以上に若者から人気を得ているようだ。

　このオンライン版ストリートジャーナルは、過激な内容から若者の絶大な支持を集めているため、線引屋以外にも取り上げられている有名な人物が何人かいる。

　休憩がてら、スマホでオンライン版ストリートジャーナルの過去の記事を見ていると、ぼくのグラフィティの師匠とも言える、ＣＡＧＡ丸の記事も掲載《けいさい》されていた。他にも、東京で有名な不良グループの内部分裂の真相が詳しく掲載されている等、刺激を求めるユーザーにとっては娯楽として申し分ないのかもしれない。

　ぼくは、そもそも不良文化というものに基本的に興味がないため、流し読みで過去の記事をたどる。その中で一つ、興味を引かれるタイトルに目が留まった。

《オンライン版　ストリートジャーナル》
若者文化の現在《いま》を斬り取るＷＥＢマガジン！

〔ＣＯＮＴＥＮＴＳ〕

【マッドシティに現れるダークヒーロー、その名はアカサビ】

喧嘩屋《けんかや》という存在について、明確にこの記事の中で定義することは難しい。とはいえ主に喧嘩を生業《なりわい》として日々を過ごす人物のことを指していると言えば、間違いないだろう。

本記事で取り上げる〝最強の喧嘩屋〟については、この喧嘩屋という存在をさらに異常なまでに凶暴にした存在と捉えてもらえればいい。

筆者がその噂《うわさ》を知り、街でたむろする若者に最強の喧嘩屋について聞いてみたところ、全員が恐らく同一人物だろうという特徴を口にしていた。

かつて最強の喧嘩屋として名を馳《は》せたその人物は、いまでも街で見かけることがあるらしい。不良たちは、その人物と遭遇したら、まず真っ先に逃げ出すようにしていると語ってくれた。

本記事では個人の特定を避けるため詳しくは書かないが、最強の喧嘩屋の現在の姿は特徴的で、その人物を見たことがない人でも、特徴さえ知っていれば一目で見抜けてしまうそうだ。

噂とインタビューの内容を総合すると、その人物が最強の喧嘩屋と呼ばれる理由は、たった一人で何人もの不良を相手に戦って幾度となく勝利しているからだ。過去に喧嘩する様子を目撃した人物の証言の中には、二〇人以上の不良を相手に、たった一人で戦い勝利したというにわかには信じがたい話もあった。

その異常な強さから、他の喧嘩屋と一線を画す存在の最強の喧嘩屋は、街の不良たちとは毛色が違う存在と言えるだろう。

そんな彼を知る者は、こう呼ぶ。最強の喧嘩屋《ダークヒーロー》アカサビと。

（二月一〇日　記者Hによる寄稿）


ぼくは記事を読み終えると、少し不愉快な気分になった。この記事に書かれているアカサビさんとは、以前一度だけ会ったことがある。ぼくが公園で不良に絡まれているところを助けてくれた彼は、記事に書かれているような無用な喧嘩など避けそうなものだ。この記事はいまから半年以上も前のものではあるようだが、ぼくの知るアカサビさんはそのような危ない人ではなかった。

記事の最後の方に書かれていた『毛色が違う』というのは、文字通りアカサビさんの特徴的な髪の色を指しているに違いない。確かに、派手な赤い髪をしていて、ぱっと見はとても恐ろしい不良にしか見えないが、不良に絡まれていたぼくを助けてくれた、優しい人だ。

あの人は悪人ではなく、むしろこの治安の悪い街にとって、欠かすことの出来ない正義の味方だとぼくは思っている。


なんだか、記事を読んでいたら気分がくさくさしてきたため、ぼくはスマホをベッドに放り投げた。そして、スプレー缶を手にすると、このモヤモヤした気持ちを紙にぶつけることにする。

書き慣れた『線引屋』のタグを描こうとノズルに指をかけ、力強く押し込むと、「スー」と気の抜けた音だけが聞こえてくるだけで、肝心のインクが出てこなかった。

まさかと思い、スプレー缶を振って撹拌玉《かくはんだま》のカラカラという音を何度か聞いてからまたノズルを押し込んだが、インクが少し吹き出しただけで、再び出てこなくなった。

まさか、黒色も終わってしまったのか。

毎日、時間があればスプレー缶を握って線を引いていたため、八本あったスプレーインクの内、かなりの数の缶がすでに空っぽになってしまっていた。さっき紙にグラフィティを描いたことで、残り少なかった緑や黄色といった色が底をつき、茶色などの消費が少ない色がほんの少しだけ残っているのみだった。しかし、これだけの色ではグラフィティを描いてもパッとしないだろう。

なんだかスッキリしない気分のまま、ぼくは空になったスプレー缶を放り投げると、ひとりごちる。

「今度の休みにでも、スプレーインク見に行かないとな」

本編——真っ赤な嘘

1

この街、通称マッドシティは昼と夜でまるで違った表情を晒す。

私、戸波加南子《となみかなこ》は現在、駅の西口を出た先にあるショッピング街、その起点とも言うべき駅前のサンライズビル——通称ライズと呼ばれる複合ショッピングビルの前に立っていた。

オープンが間近に迫り、改装工事も概《おおむ》ね完了した建物の壁には、大きな看板でリニューアルオープンの日付が大々的に張り出されている。だが、私を含め、いまこうしてビルの前で立ち止まり、その看板のあたりをジッと見つめる人の群れは、オープンの日にちなど気にしていないに違いない。

現在は看板で隠れてしまっているが、そこは数週間前に、線引屋によってグラフィティが描かれた場所だ。

線引屋の説明に関しては、いまさら必要ないと思う。

もしも知らないという読者が仮にいるのなら、私が記事を書いている若者向けの情報サイト『オンライン版ストリートジャーナル』の過去の記事を見てもらうのが早いだろう。

始まりは、名もなきグラフィティライターが、街で大きくなりつつあったスカイラーズというチームを潰したという噂だった。それを耳にし、当初は単発のネタとして面白いという程度の考えでこのライターの存在を認識していた。

しかし、ライズビルでのグラフィティを契機《けいき》に、この名もなきグラフィティライターは線引屋という名前で、一躍《いちやく》有名になった。

真っ先に彼の存在を取り上げ、ブームの火付け役としての役割を担《にな》った責任と権利が、私にはある。

表立っては言えないが、次に線引屋がどこでなにを描くのか、期待しているのは読者の若者たちだけではない。私も、その一人だ。

目下、ストリートジャーナル編集部の意向は、この線引屋の正体を突き止めることにあるようだが、私はそれほど乗り気ではない。

もちろん、個人的には素性《すじょう》を知りたい欲はあるが、それ以上に、謎の天才ライターという美味しい題材を、簡単には手放したくないという欲にかられていた。

ストリートジャーナルは若者文化を牽引《けんいん》し、線引屋という若年層のカリスマを生み出した。そして、いまでは彼、あるいは彼女の存在がストリートジャーナルを引っ張りはじめている。

その反響の声はあまりにも大きかった。

編集部の上の連中は、犯罪行為に手を染める社会不適合者として線引屋を捉えている節がある。私も記事としての体裁上《ていさい》、彼の無許可のグラフィティを犯罪行為として書かざるを得ないが、それでも内心では期待してしまっているのだ。次は、どんな事件を巻き起こしてくれるのだろうと。

現場での取材という名目でライズビルの前にやって来たが、すでにグラフィティが消されてしまっていては意味をなさないので、早々にその場を後にする。

私は、昔馴染《なじ》みの友人であり、取材対象として取り上げたこともある人物、与儀映《よぎえい》子《こ》──通称CAGA丸の経営する雑貨店『Master Peace《マスターピース》』に顔を出すことにした。

どうにも、さっきから仕事モードのため堅苦しい意識になってしまっているが、与儀を前にすると、その仕事モードも完全にオフ状態になる。

「いらっしゃい戸波、いきなりどうしたのよ」

タイトな黒いレザーの服に負けないくらいの黒髪を鬱陶《うっとう》しそうにかき上げた与儀は、店内だというのに平気でふかしタバコで接客する。自分の店とはいえ、分煙マナーが叫ばれる昨今に反したこの唯我独尊《ゆいがどくそん》なマイペースっぷり、昔から本当に変わらない。

「近くに来る用事があったから寄らせてもらったのよ。いま忙しい？」

私の問いに与儀は肩をすくめ、店の中をタバコの先で示した。閑古鳥《かんこどり》が鳴いているわ、と。

それなら遠慮《えんりょ》する必要ないわね。私はカウンターに寄りかかり、同じくタバコに火をつけた。

「ねえ与儀。この前のライズビルのグラフィティの記事を書くとき、あんたからあのライターの名前教えてもらったじゃない？」

「あのライター……って、線引屋のこと？」

「そう。それで、これは友人としてのお願いなんだけど、もっと情報もらえない？　あんたプロのライターなんだし、素性《すじょう》まではわからなくても、次にどこにグラフィティを残すかとか、噂になってないの？」

「そう言われても」

注意して見ていなければわからない程度だが、ほんの一瞬、与儀の視線が外れる。これ、なにか隠してるときの彼女の癖だわ。

そう思って追及を続けようとしたとき、店内で物音がして私は振り返る。与儀が外した視線の先に、若い男性客がいたのだ。

なんだ、てっきり与儀、私に隠しごとしているのかと思ったけど、単に動いた客のことを見ただけなのね。残念。もし嘘ついているようだったらしつこく食い下がってでも、線引屋の情報を聞き出すのに。

私は紫煙《しえん》を吐き出し、まだ長いタバコの火を消した。この無神経店主と違って、客がいる店でタバコをふかすなんてマナー違反をするつもりはない。

それにしてもあの客、こう言ったら失礼かもしれないけど、この店に似合わないわね。

なんか、どっちかというと駅前のゲームセンターとかが似合いそうな地味な男の子だわ。そんなあどけなさの残る少年が、与儀の趣味でつくっているグラフィティアートの商品陳列コーナーをジッと見つめていた。でも、手に取る度胸はないのか、ただ眺めているだけの時間が続く。

もしかしたら、あの少年もストリートジャーナルの読者なのかもしれない。だとしたら、なんだか可笑《おか》しさと同時に、嬉しい気持ちになる。あんな、見るからにストリート文化と相反《あいはん》するような少年も虜《とりこ》にしてしまう、線引屋の存在。

そのカリスマを生み出したのは、他の誰でもない私なのだ。

そう思うと、やる気がふつふつと湧いてくる。

少年から興味をなくした私は、再び与儀に向き直り、線引屋についてしつこく食い下がった。小さなことでもいいから、情報を聞き出せないかと思って。

◇◇◇

……やっぱり高いな。

ぼくは値段を見て、思わずため息を吐いた。

売場に並んでいる多くのスプレーインクを見比べ、首をふる。

今日、ぼく、間久辺比佐志は休日を利用して与儀さんの店、『Ｍａｓｔｅｒ　Ｐｅａｃｅ』にやって来ていた。目的は、以前彼女に、線引屋のロゴステッカーを作ってもらったのでそのお礼を言いに来たのと、スプレーインクなどのグラフィティ用品を見るためだ。

ぼくが店に着いたとき、丁度他にお客さんがいなかったので、周りを気にせず、与儀さんとゆっくり話すことができた。といっても、例のステッカーの件以外に話すことも思い浮かばなかったので、すぐにスプレーコーナーへ足を運んだのだが。

線引屋として活動していくことを決めたぼくは、先日からスプレーアートの練習を欠かさずやるようになった。その結果、与儀さんから貰《もら》った分のスプレーインクがほとんど底をついてしまったのだ。

練習しているのはそれだけではない。あんなにやる気が出なかった美術部では、それなりに真剣に油絵の練習もしている。同じ美術部員でオタク仲間の廣瀬《ひろせ》と中西《なかにし》が首を傾《かし》げながらあまりの変わり様に驚いていたが、元々ぼくが絵を描くのが好きなことを知っている二人は、それほど深く追及してくることはなかった。

それどころか、邪魔にならないよう気を遣《つか》いながら、適度にぼくの息抜きに協力してくれる。なんだかんだ言って、やっぱり彼らと一緒にいるのが一番落ち着くのだ。

もちろんそれは、比較対象があっての話だ。

最近やたらと絡んでくるクラスメイトの石神さんといると、それだけで色んな意味で緊張してしまう。彼女は有名なティーン向けファッション誌で読者モデルをしており、お世《せ》辞《じ》抜きで美人と呼べる容姿をしている上に、オタクが苦手とするギャル属性だ。魔王《かのじょ》と対《たい》峙《じ》するには、賢者《ぼく》はあまりにレベルが低い。

ちなみに、勇者を名乗らないあたりは察してくれ。影の薄《うす》さとか色んな意味でぼくは賢者だし、勇者に相応しい主人公属性を持つ人間になら他に覚えがあった。

――アカサビ。

不良たちからそう呼ばれていた彼は、元最強の喧嘩屋として、不良界では知らない人のいない大物だ。見た目も、喧嘩屋と呼ばれるのに相応しい容姿というか、真っ赤に染まった髪と、耳や唇《くちびる》に開けられた多くのピアスが特徴的な、近寄りがたい風貌《ふうぼう》をしていた。

だが、実際は噂されているような危険な人物ではなく、自ら正義の味方を名乗りながら、真っ赤な髪で颯爽《さっそう》と現れ人助けをする。実際、ぼくが不良たちに襲われているところに現れ、彼は一人ですべての不良を片付けてしまったのだ。

ああいう無双は男の夢だよね、実際。

ぼくみたいに大した能力もない一般人は、ヒーローに助けられる引き立て役でしかなく、決してヒーローと並び立つことなど出来ない。

モブキャラ、なんて自分のことを貶《おとし》めたくはないが、生きとし生ける者のほとんどが引き立て役に回るからこそ、ごく一部の勝ち組が引き立つ訳だ。もちろんその生まれながらの勝ち組には、読者モデルの石神さんも含まれている。

ホント、世知辛《せちがら》いねこの世界って。

ただまあ、そんな負け組のぼくだって、なにかを変えたり、あるいは自分自身を変えたり出来るのではないかと思って、いまは一生懸命努力している。ぼくに出来ることなんて絵を描くことくらいだから、毎日欠かさずスプレー缶と筆を握る。

すべては、マスターピースを完成させるためだ。

おっと、マスターピースと言っても与儀さんの店のことじゃない。

文字通り傑作と認められるような作品づくりこそ、いまのぼくが目指すところだ。もしそれが完成したら、なにかが変わるような、そんな気がするから。

――っと思ってたんだけど、これはなかなか財布の中身が厳しいな。安いものでも一缶で野口様一枚、ちゃんと色を揃えたらそれこそいくらかかるか。

ぼくはボッチをこじらせた結果コミュ障をわずらっているため、アルバイト経験がない。ご両親のスネかじり虫だからお小遣いだって微々《びび》たるものだし、今月は買いたいゲームもある。サブカルに傾倒《けいとう》すると、ホント軍資金はいくらあっても足りないよ。

まあいいや。取りあえず一番の目的だったステッカーのお礼が言えたので、今日は良しとしよう。

帰り際、店のカウンターの脇を通る。

与儀さんに一声かけようと思ったが、知り合いらしき女性と話をしていたのでアイコンタクトで帰ることを伝える。

すると、与儀さんと話していた女性もぼくに気付いて振り向く。

びっくりして立ち止まったまま固まってしまったぼくに、女性は大人の余裕とでもいうのか、軽く会釈《えしゃく》してきた。

ぼくも慌てて会釈を返し、緊張からそそくさと出口へと向かう。

背後で「なにあの子？」と与儀さんに問いかける女性の声が聞こえてくる。

与儀さんが「知らないわ」と答えたところで、ぼくは『Ｍａｓｔｅｒ　Ｐｅａｃｅ』を後にした。

さて、ここからが問題だ。

今日、わざわざ駅前まで足をのばしたのは、なにも与儀さんにお礼を言うためでもスプレー缶を見にくるためでもない。これらはあくまで今日の目的のついでだ。

これから、ぼくは石神さんと会うことになっている。

なぜそんな事態になっているのかって？

ごめん、それぼくが聞きたい。

ただ、石神さんは昨日どこか落ち着かない様子だった。昨日というのは金曜日の学校でのことである。やけにこちらをチラチラ見てくるなと思ったのだが、まあネガティブオタ属性特有の自意識過剰による勘違いだろうと判断したぼくは、一日その違和感を放置していた。

結果として、小鹿くらいなら一睨みで気絶させられそうな鋭い眼光を向けながら、ぼくに食ってかかってきた彼女。

「ねえ、なんかウチに言うことないわけ？」

小鹿並みに繊細《せんさい》なぼくは、いまにも卒倒しそうになりながら彼女の言葉の意味を探り、取りあえず思い付くことを口にしてみる。

「す、鋭い眼光してるね！」

グッと親指を立てて答えた結果、身も凍るような恐ろしい舌打ちが聞こえてきた。

東大の入試より難しいんじゃないかな、この質問。だって脈絡《みゃくらく》が無さすぎるんだもん。

登場するなり不機嫌な彼女は、ぼくになにを言ってほしいのだろう。うーん、わからん。

「……まさか、髪の毛切ったことじゃないだろうしな」

「それよっ！」

石神さんは大きな声を出した。

「ふつう気付いてたらなんか言わないっ？　似合ってるねとか、可愛いよとか、あんたどんだけ気が利《き》かないのよ！」

「似合ってるね、可愛いよ」

「棒読みが腹立つわっ！　それにいまさら遅えしっ、心がぜんぜんこもってないっ！」

えー、なにこの理不尽。注文多すぎ。言われた通りやったじゃん。

「……百合のときは真っ先に声かけてたくせに」

石神さんは不満たっぷりの顔で、小さく呟《つぶや》いた。

確かに、加須浦さんが髪を切ったときはそのことに触れたけれど、そのときの彼女の引きつった笑顔は記憶に新しい。そんな苦い思い出が残っているのに、あの石神さんを自分から褒《ほ》めるなんて命知らずな真似《まね》はぼくには出来ない。

そもそも、朝から彼女は、すれ違う生徒ほぼ全員からカットした髪について褒め言葉をもらっていた。

だというのに、まだ足りないというのだろうか。ぼくなんかの言葉が欲しいなんて、相当賛辞《さんじ》の言葉に飢《う》えてるに違いない。

だいたい、元が良いのだからよほど冒険をしないかぎり変になんてなりっこない。どうせカリスマ美容師がいる有名美容院みたいなオシャレスポットで切ってもらっているのだろう。

格安店で散髪を済ませているぼくに女子の髪型の変化を褒めろということ自体、無理な話なのだ。

あーあ、今日も石神さんに睨まれてしまった。心が弱いぼくのメンタルはズタズタだ。褒めなくても睨まれるし、どうせ褒めても「キモい」とか言って睨んでくるに違いない。神様が理不尽を塊《かたまり》にして、ほんの少し気まぐれに見てくれを良く作ったのが石神冴子という存在なのだ。彼女の生態にいまさら憤《いきどお》りを感じたところで意味がない。

ここは適当に謝ってさっさと帰ろう。そう思い、この場を収めるために表向き謝罪の言葉を口にして、背中を向けようとする。

だが、彼女はぼくの腕を掴みそれを拒むと、「ダメ」と小さく呟いた。

「許さない。埋め合わせしなさい」

夕日で染まる廊下。あまりにも綺麗《きれい》なその陽光は、彼女の頬まで朱色に染めているように見えた。

不覚にもぼくは、そんな石神さんの姿に一瞬だけ見惚《みと》れてしまい、断ることを忘れてしまった。

駅が待ち合わせ場所だったため、ぼくは一〇分前には到着出来るように動いていた。もし彼女を待たせるようなことになったら、それこそなにを言われるかわかったものじゃない。

改札の出口には、人を待ちながらスマホをいじったり本を開いたりしている人の姿で溢《あふ》れていた。

さてと、ぼくも彼女が来るまで待つとしようか。

ふと遠くを見ると、人を待つ群れの中に、やけに注目を集めている人がいた。さっきから周囲がざわついているのは、その人物が目立っているためだろう。

まるでモデルみたいに華やかな人がいるなぁって遠くから見てたら、やっぱり石神さんだった。

彼女はさっきから集まる注目の視線にうんざりしているだろうに、まるで慣れっこだとでもいうみたいに意にも介さない風を装っていた。読者モデルともなると、やはり見られることに慣れているのだろうか。

周囲で見ていた男たちの中に、見るからに遊んでいそうなチャラい男がいた。男は石神さんがかなり気になっていたのか、とうとう声をかけようと近づく。

まずいなと思い、ぼくはすぐに行動に移す。

彼女本人はもう気にしていないと言っていたが、つい先日、石神さんは男たちに誘拐《ゆうかい》され、恐ろしい思いをしたばかりなのだ。知らない男が近づいてくる状況に、少なくとも良い気はしないはずだと思った。

男はさっそく石神さんに話しかけた。

大学生だろうか。タイトなジーンズに小綺麗な革製の靴を合わせ、ジャケットを羽織《はお》り、黒いハットを被ったオシャレな格好。少なくとも服装だけを見るかぎり、石神さんと並んで歩いてもそれほど不自然さは感じないだろう。

一転、ぼくは自分の姿を顧《かえり》みた。

よれよれで薄い色のジーンズを履《は》き、アメリカの州の名前と謎の数字が書かれたロングTシャツの上から、蛍光色のジャンパーを羽織《はお》っている。

服装には、日頃から頓着《とんちゃく》しないぼくだが、この格好で石神さんの隣を歩くのがどれだけ無謀《むぼう》なことかくらいわかる。そう思うと、動き出した足が途端に重たくなった。

思わず立ち止まり、うつむくぼく。

ホント、どうして今日買い物に付き合うなんて言ってしまったのだろう。これじゃあ晒し者だ。

こんなことなら断っておくべきだったと後悔していると、石神さんはぼくの姿に気付いて、わざとらしいくらい大きな声で名前を呼んでくる。すると、ナンパ男だけではなく、石神さんを遠巻きに見ていた人たちの視線までぼくに集まってきた。いったいどんなヤツが待ち合わせ相手なんだと、興味津々《きょうみしんしん》なんだろう。

ホント、勘弁《かんべん》してくれ。

「遅いっ！」

そう言いながら腕を絡めてくる彼女。

しつこいナンパ男に見せつけるためとはいえ、ここまでする必要はないはずだ。誰もが注目されることに慣れている訳ではないのだから。

去り際、チャラい見た目の大学生風の男が、友人らしき男性のところにトボトボと戻っていく姿が見えた。その友人らしき人物は、ナンパが失敗した男に対して、「だから言っただろう、あれは男と待ち合わせだって」と言いながら、励《はげ》ますような素振《そぶ》りを見せていた。

いまの男性が言っていたように、石神さんが駅の改札前で立ち尽くしていたら、誰だって一瞬は目を奪われるかもしれないが、すぐに誰かと待ち合わせをしていると思うだろう。そして、その相手はやはり男性だと考えるに違いない。

そう考えると、現れた男がぼくみたいな冴《さ》えないヤツでなんだか申し訳ない気分になってきた。駅を離れると、ぼくはそれとなく腕を振り払い、彼女と距離を取りながら歩く。

歩きながら、ぼくはずっと考えていた。

今日はなにが目的なのだろうかと。だって、彼女がぼくを休日に誘うなんて、普通じゃ

ない。きっとなにか裏があるに違いない。

そんな風に身構えていたぼくだったが、向かった先はごく普通の喫茶店《きっさてん》だった。時間も良い頃合いだし、まずは軽く小腹でも満たすらしい。

向かい合って座ると、石神さんが口を開いた。

「ここはウチが払うから、遠慮《えんりょ》しないでなんでも注文してね」

「え？」

意外なことを言われ、ぼくは思わず呆《ほう》けた顔を向ける。

「当然じゃない。今日はこの間、助けてもらったお礼なんだもん」

ああなるほど、そういうことか。

昨日は埋め合わせしろとかなんとか言っていたが、あれはぼくを誘うための口実だったわけだ。

今日誘ってきたのはどうやら、黒煙団《ブラックスモーカー》に誘拐されたときにぼくが助けたことへのお礼がしたかったからみたいだ。お礼のことを黙っていたのは、ぼくが遠慮すると思って気を遣ったからだろう。

彼女とまともに会話するようになるまではわからなかったが、石神冴子という女性は決して無神経な人間じゃない。他人の感情の機微《きび》に聡《さと》い人だ。

その割に、以前はぼくにずいぶんと辛辣《しんらつ》な言葉と態度を向けていたが、まあそれも誘拐事件を切っ掛けに変わった訳だし、彼女の中で思うところがあったのだろう。深くは追及すまい。

さて、遠慮せず注文してくれと言われ、メニューを広げてみたが、喫茶店など普段入らないぼくは、こういう店でなにを頼んだらいいのかわからない。無難にコーヒーでも頼めばいいのかもしれないが、その種類もなんだか無駄にあってよくわからない。

格好悪いが、素直に石神さんにメニューの違いを聞きながら彼女のおすすめを聞き、それを注文する。こんなこともわからないのかと呆《あき》れられるかと思ったが、教えているときの石神さんが楽しそうだったので安心した。

すぐに運ばれてきたメニューはケークサレと言う野菜が入っている甘くないケーキと、アメリカンコーヒー。この店ではオーソドックスなメニューらしいが、そんなオサレなもの、食べたことない。

つくづく思った。彼女の当たり前は、あまりにもぼくの価値観と違う。

「ねえ、間久辺。知ってる？　ケークサレってフランス料理なのよ。それなのに、セットコーヒーがアメリカンっていうのが洒落《しゃれ》が利いてていいのよね。なんだかこの店の自由な雰囲気を表してるみたいでさ。読モのセンパイからここ教えてもらったんだけど、可愛くない？」

洒落のレベルが高過ぎてよくわからないけど、ぼくにとってこの店はお洒落過ぎて居心地が悪い。廣瀬と中西の二人となら、安いファミレスかハンバーガーショップだ。

緊張を誤魔化すため一口食べると、意外な美味しさに思わず「うまいっ」と声が出てしまった。

石神さんはフフと笑い、「良かった」と言って、机に肘《ひじ》をついた。その瞳《ひとみ》をまっすぐに向けられたぼくは、思わず視線を逸らしてしまう。

石神さんに悟られないように、盗み見るようにして彼女の様子を観察する。なんだか、その姿は本当に雑誌の一ページを飾っていそうで、彼女がモデルなんだということをあらためて実感させられた。

「ん？　なあに？」

視線に気付いたのか、小首を傾《かし》げた石神さん。そんな彼女から、ぼくは再び視線を外す。

「こ、これホント美味しいよ」

そう言いながら、ケークサレを口いっぱいに頬張《ほおば》った。

誤魔化すような態度を取ったのは、彼女の質問に答えられなかったからだ。

石神さんの姿につい見惚《みと》れてしまったなんて、口が裂けても言えない。きっとキモいって一蹴《いっしゅう》されるだけだから。

2

「輝夫《てるお》ぉー、チクショウ駄目だったぁー」

そう言いながら、友人の菱田《ひしだ》は項垂《うなだ》れたまま俺のところまで戻ってきた。

「だから言っただろう、あれは男と待ち合わせだって」

俺、飯沼《いいぬま》輝夫はそう苦言を呈《てい》しながら、現れた男子を目で追った。こういう言い方をしたら相手に悪いが、あのハイレベルな女子の隣を歩くにしては、現れた男子はいささか見劣りした。だが、そもそもあの女子がモデルと見紛《みまご》うほどの容姿だったため、普通の男では並んで歩いたときに見劣りしてしまうのも仕方がないことだろう。

「次があるさ」

俺は菱田の肩を二度叩いて励《はげ》ましの言葉をかけた。

菱田はそんな言葉に元気づけられたのか、項垂《うなだ》れていた頭を持ち上げると、大きく頷いた。

俺は思った。単純で扱いやすくて助かるな、と。

菱田とは大学で知り合った仲で、第一印象は最悪だった。いまでこそ普通のチャラい大学生風の容姿をしているが、入学してすぐ大学のキャンパスで初めて見かけたとき、この男はとんでもない格好をしていたのだ。青く染めた長い襟足《えりあし》、灰色のスウェットにゴム製のサンダル、耳と唇にはピアスが付けられていて、そのピアスの両方の輪からはチェーンが繋《つな》がっていた。

明らかに異質だった。マンモス校とはいえ、決してレベルの低くない大学のため、そんな不良然とした学生がいるとは誰も思っておらず、彼の存在は明らかに浮いていた。

最初の一ヶ月、俺も遠巻きに菱田のことを見ていた。ほとんどの場合、ああいう輩はつるんでいる仲間がいて、そいつらが側にいるからデカい面をしているケースが多いのだ。仲間がいれば非行も怖くない、みたいな連中を寒いと思っている俺は、菱田のこともそういう人物だと思い込んでいた。

しかし、いつ見かけても菱田は一人だった。同じ経済学部に属しているため、講義が被ることが多かったのだが、どこで見かけても菱田は独りぼっちだった。

ある日の講義の前、俺は気になって話しかけてみることにした。

『なあ、君。その姿が格好良いと思っているんだとしたらそれは勘違いだよ。俺たちはもう大学生なんだ。ここは学問と同時に社会を学ぶ場所でもある。そんな場所に君みたいな姿の学生がいたら浮くのは当然だし、正直、目障《めざわ》りなんだ』

後に、このときの俺の発言を聞いた他の友人たちは口を揃えて、よく当時の菱田にそんなことが言えたな、と驚く。それくらい、入学したばかりの頃の菱田は奇抜《きばつ》な格好をして浮いていたということだ。

まあとにかく、当然ながらその第一声から菱田とは口論になった。挙句、講義が始まっても言い争いが終わらない俺たちは、部屋から出て行くように先生に言われ、仕方なく食堂に移動することとなる。しかし、移動の間に一度クールダウンしてしまった論争は、再び熱を帯びることなく、お互いに気まずさを感じながら、自己紹介なんかをして一コマ分の時間を潰したのだった。

それから菱田とは、顔を合わせれば話をするようになり、その度に、俺は『お前の格好はヤバい』と何度も言い続けた。大学で俺以外に話をするヤツがいなかった菱田は、あまりにも俺がそのことを繰り返すものだから、さすがに不安に思うようになったのか、徐々に服装をまともにしていった。

まずは服や靴を買い直し、ピアスを外し、染められた襟足《えりあし》もバッサリ切って、青い髪を黒染めした。そして、ようやくいまの姿になった菱田は、俺に当時のことを話してくれた。

『なあ輝夫。なんで俺があんな格好をしていたか知りたいか？』

『バカだからだろう？』

『違えよ！　もっと聞くも涙、語るも涙な壮大なストーリーがあるんだよっ！』

『そうなのか？　じゃあ教えてくれ』

そうして菱田が口にしたのは、この街に実在するという最強の喧嘩屋の噂だった。もちろん俺だって、その噂は何度となく耳にしている。というより、この街に住む人間なら誰だってアカサビの名前は聞いたことがあるだろう。

『アカサビのアニキに、俺は助けられたことがあるんだよっ。俺が高校を卒業したばかりの頃で、高校のダチと遊ぶのもそろそろ終わりだって思ったら、なんだか寂しくなってきてさ。最後だし羽目を外そうって話になって、夜の街で遊んでいたときに、ヤンキー集団に囲まれてさ。そのときにヤンキー集団から助け出してくれたのが、赤い髪をなびかせて現れたアカサビのアニキだったのさ！』

話の途中だが、俺は素直な感想を口にする。

『やっぱりバカじゃないか』

『この冷酷人間っ！　やっぱりお前には人間の血が流れてないな、輝夫！』

なぜ文句を言われなければならないのか甚《はなは》だ疑問ではあるが、実際それはよく言われる言葉でもあった。

俺は感情の起伏が小さい。どんなときでも感情を表に出さないロボットのような学生だと、高校時代の先生たちに裏で言われていたことを知っている。

菱田は俺を冷酷人間だと言ったが、もちろん俺だって菱田の言っていることの数パーセントくらいは理解する心を持っている。

中学から高校に上がるのとは違い、高校から大学に進学するというのは人生においても大きな変化だ。大学に進学する者はもう四年間、ないし院に進めばもう二年は学生という身分でいられるが、高校卒業後に進学をしない者の多くは就職を果たし、晴れて社会人となる。

同じ年齢でも、学生と社会人では生活スタイルは大きく異なり、収支の部分でも差が生まれるため、それまでのように同じ価値観で行動を共にするのが難しくなるのは間違いない。

そう考えれば、高校の友人と過ごす時間の終わりが近づいてきて、菱田が言葉にしていた「寂しくなってきて」というのがまるきり理解出来ないという訳ではない。

それでもやはり俺は、感情に流されることをバカバカしいと思ってしまう、菱田の言う通り冷酷な人間なのかもしれない。

感情的になることの無意味さを知っているからだ。人間は感情に任せて行動したところで良い方向に流れを持っていくことなど出来ない。

高校生の時のとある事件を経てそのことがわかってしまったから、俺はいまもこうしてくすぶったままなのかもしれない。

「――おい！」

いきなり声をかけられ、俺はハッとして我に返った。

「どうしたんだよ、輝夫、さっきからボーっとして？」

駅改札のすぐ側。人通りの多い通路の真ん中で俺は立ち止まっていた。菱田は気遣わしげに俺を眺めていた。

「ああ、すまん。ちょっと昔のことを思い出してな」

「おいなんだよ、恋バナか？　お前の失恋話とか超興味あるんだけど」

「そうじゃない。ふと菱田と初めて会ったときのことを思い出していたんだ」

「……気持ち悪いな。恋バナ勘ぐった後に俺の名前出すんじゃねえよ。掘られるのかと思うと怖くて背中向けられねえじゃねえか」

まったく、人が物思いにふけっているときに失礼なヤツだなこいつは。

俺はハッキリと言ってやることにした。

「悪いがお前はタイプじゃないんだ」

「それ以前に性別を否定しろ！」

菱田はそう声を荒らげたかと思うと、すぐに吹き出して笑い声をあげる。良かった、少しは気が紛れたようだ。

「菱田は残念だろうが、ナンパはまたの機会にして、当初の予定通り二人で飯に行くか」

「おう！」

そう言って俺たちは駅を離れた。さっきの凸凹《でこぼこ》カップルが向かった出口とは違う、東口側に向かって歩き出す。

3

喫茶店を出る間際、石神さんは言った。

「そうだ。連絡先教えてよ。さっき待ってるときだって、連絡出来たらもっと早く合流出来たんだしさ」

まあ、別に携帯番号くらい構わない。

ぼくが口頭で伝えた番号を、彼女は自分のスマホに打ち込んでいく。そしてぼくの情報を登録すると、いきなりカメラを向けてきた。

「ウチ、登録者の顔写真設定する人だから」

別にいいけど、彼女、確か前、勝手に写真撮ってるクラスメイトに文句言ってなかったか？

それからすぐに、ぼくのスマホに初めて見る番号から着信が入る。

「それ、ウチの番号だから。登録しといて」

なんの気なしに言う石神さんだったが、ぼくにとってこれは大事件だった。家族を除外して、女性の番号がアドレス帳に登録されたのは初めてのことだ。それがあろうことか、あの石神さんとは……つい一ヶ月前までは想像も出来なかった。

ホント、ぼくの人生は思わぬ方向に動いていた。

それからはなにをするでもなく、駅西口方面のショッピング街を彼女の気の向くまま回った。

「あ、新作店頭に並んでる！」

そう言って走り出す石神さん。

ぼくは置いてきぼりをくらった。やれやれだよ、まったく。

彼女を追いかけ店に入ると、うっ、と思わず声が漏れた。

これまた、ぼくが苦手とするタイプのアパレルショップだ。店員はだいたいギャルかチャラ男で、オタクの天敵とも言える。そんな彼らが店に入っただけで接客してくるタイプのこういった店は、イケてないぼくのような人間にはハードルが高いのだ。

ほら、案《あん》の定《じょう》、口先では「いらっしゃいませ〜」なんて愛想《あいそ》よく接客するが、遠目でぼくのことをチラチラ見てくる。この店にそぐわない客だ、とでも言いたいのだろう。

——ええ、はいわかってます。被害妄想だってことくらい。だけど同志諸君ならきっとわかってくれるはずだ。

自分は見られている。きっとバカにされているに違いない。そんな風に思うのは自分に自信のない人間の当然の心理だ。

石神さんみたいに、「この服ヤッバ、超かわいいんですけど」とか言ってショップ店員に話しかけるなんて出来るはずがない。

新作のチェックが終わったのか、石神さんが近づいてきた。

「ウチ、この店好きなんだ。あんまりフリルとか似合わないから、こういうシックなブランドが合うみたい。センパイたちも言ってたんだけど、どうかな？」

そんな風に感想求められても困ってしまう。

だって口下手なぼくは、「似合ってる」以外の気の利いた言葉なんて捻出《ねんしゅつ》出来ないのだから。それに、お世辞でもなんでもなく、彼女はなんでも似合ってしまうから。

ぼくのありきたりな賛辞《さんじ》でも、彼女のご機嫌を取ることくらいは可能らしい。彼女は上機嫌に言った。

「ねえ、間久辺もなんか合わせてみたら？　ここ、メンズも少しだけど揃ってて、その……結構、カップル同士で来る客も多いみたいよ」

ふーん、彼女いない歴イコール年齢のぼくにはまるで関係のない情報ありがとう。嫌味かちくしょう。

「ありがとう。でも、あんまり慣れない店で緊張して疲れたから、少し休んでるよ」

ぼくはそう言って店内のなるべく目立たない位置を探す。

この店のメインでもあるレディースコーナーには買い物客が多く居心地が悪かったため、ぼくはメンズコーナーのコーディネートの一例として置かれているマネキンの隣に立った。

丁度正面に姿見があり、そこにぼくとマネキンの姿が並んで映っている。ぼくは周囲に人がいないことを確かめてから、隣のマネキンと同じポーズを決めてみた。

……完全敗北だった。

クッソォこのマネキン、なんか八頭身だしイケメンだから並んで立つとぼくの存在がなおさら霞《かす》んで見えるよ。

それにしても退屈だ。女子の買い物というのは、どうしてこうも無計画なのだろう。さっきから回る店回る店、見てばかりでいっこうに買おうともしない。ウインドウショッピングというやつらしいが、そんなことだったらぼくなんか誘わず、仲の良い友人たちと来れば良かったのに。それこそ、彼女の親友の加須浦さんとか。

「はあ」

とため息を吐いたぼくは、やることもないので、スマホのアプリを起動させる。曜日ダンジョンでポイントでも稼いで時間を潰すとしよう。

——今日、ぼくの指に神が宿っていた。

無課金勢のぼくでは普段クリア出来ないようなダンジョンが、偶然の連続で次々に先に進んでいき、気付けば最後のボスの部屋まできていた。盤面《ばんめん》を冷静に見る。ボスを倒すための布石は、すでに整っていた。

今日、ぼくは無課金の神に愛されているようだ。

指を画面に置き、ミスのないように頭の中で道筋を立てながら、慎重に盤面を操り始めた瞬間、『～♪』という音楽と同時に着信画面に切り替わる。

シィィィィイイットッ！

誰だこんな最悪なタイミングで電話かけてくる阿呆《あほう》は。

そう思い画面を見ると――

【石神冴子】

おおう。

心なしか力強く見える文字で、その名前が表示されていた。

恐る恐る顔を上げてレディースコーナーの方を見ると、彼女はぼくの方を睨み付けながら、口元だけヒクヒクと引きつらせて笑っている。

彼女の口がゆっくりと動いた。

「出ろ」と。

ぼくはあまりの迫力に喉《のど》をゴクリと鳴らす。ついさっき登録したばかりの番号を表示する画面を通話状態にし、耳元に持ってきた。

『楽しそうね。ゲーム？』

石神さんは開口一番そう言った。

『でも、そぉーんなにウチとの買い物は退屈かしら？』

冬場でそろそろ寒さも強まってきたはずなのに、ぼくは脂汗《あぶらあせ》をだらだら流しながら、言い訳を考える。ふと隣を見ると、涼しげな顔で立っているマネキンの姿があった。

代わってくれよ、この状況。言ったところで、なにも始まらないけれど。

4

結局、与儀から線引屋に関する情報は得られなかったので、こうなったら街を片っ端から回り、しらみ潰しに当たって行くしかない。『Ｍａｓｔｅｒ　Ｐｅａｃｅ』を出た私は、まず人通りが多い、東口側の駅前で若者たちから話を聞いてみることにした。

「――線引屋っすか⁉　いや俺マジでファンっすわ。つかお姉さん、戸波さんでしたっけ、ストリートジャーナルの記者ってマジ？　俺ガチでいつも読んでて、ほら、見てよこれ、ブクマしてっから」

ほらほら、と言いながら興奮した様子で私にスマートフォンを見せてくる男性。

「つか、この名刺に書かれてるケー番ってお姉さんの？　今度個人的に電話とかさせてもらっていいっすか？」

頭の悪そうな絡み方をしてくる男性に対し、私が笑顔を振りまきながらあしらっていると、彼の友人らしき人物が手を振りあげ、絡んでくる男性の頭を叩いた。

「落ち着け菱田」

かなり真面目そうな印象の男性は、次に私の方を向くと、頭を下げた。

「すみません、記者さん。このバカは興奮するといつもの二倍ほどバカが表に出るんです。本当にあなたが記事を書いているサイトが好きなんだと思います。だから許してやってください」

別にそんなことは気にならなかった。仕事柄、面倒な絡み方をされるのには慣れている。

「そんなこと気にしないで。それよりも話を聞いていいかしら？　あなたたち二人は、線引屋についてどの程度知ってる？」

二人と言ったが、実際にはこの真面目そうな方の若者に焦点を当てた質問だった。しかし、彼は線引屋について本当になにも知らないようだった。

それに対して、落ち着きがない方の若者は線引屋についてはそれなりに詳しいようだが、あくまでストリートジャーナルに書かれている程度の知識しか持っていなかった。少なくとも、新情報と呼べるものはなさそうだ。

せっかく話を聞いてくれる二人組に出会ったので、なにかアンダーグラウンドに関する情報はないか聞いてみるも、こちらも目新しい情報は聞き出せなかった。その後も雑談としか呼べないような会話が数分続き、もうこれ以上、いまは彼らから聞くべきことはないと判断した私は、彼らに礼を言って駅前を離れることにした。

そもそも、線引屋はストリートパフォーマーだ。

この辺りでパフォーマーの集まる有名なところと言えば、アーティスト通り。与儀の店からもそれほど離れていないその場所は、露天で自作のアクセサリーを販売する人や、バンドによる路上ライブ、路上パフォーマンスをするパントマイマーなどが多く見られる。

その一人一人に、私は聞き込みをかけることにした。

「線引屋を知りませんか？」

すると、返ってくる答えはほぼ一緒だった。

「もちろん知ってる。彼の描いたグラフィティはすごかった」と。

だが、質問を「線引屋を見たことがありますか？」に変えると答えは一転、見たことあると答える人は誰一人いなかった。

あらゆる芸術家《アーティスト》が集まるこの場所でなら、線引屋の情報が出てこないはずがないと思っていた私は、いきなり八方塞《はっぽうふさ》がりになった。

通常、ゲリラ的に芸術活動を行う場合、世間から認知されるまでにかなりの時間を必要とする。

それは、ゲリラ的活動が、基本的に口コミで話題を広めていくからという理由も大きいが、やはり一番は、それほどの実力をつけるためには長い下積みを必要とするためである。

そうして下積みを経験する過程でコミュニケーションが生まれ、技術の向上と共にコミュニティから情報が発信されていく。

『あのアーティストはすごい腕を持っている』と。

だから、世間的にはそれまで知られていなかったアーティストでも、同じジャンルの中ではすでにカリスマとして有名なのが当たり前なのだ。

音楽バンドなどもそう。インディーズからメジャーデビューしたアーティストだって、世間的には無名の新人だが、インディーズの世界ではすでにカリスマ的存在として君臨していることがほとんどだ。

だが、線引屋は違う。誰からもその存在を知られていなかったグラフィティライターは、この街に突如として姿を現し、確かな腕をもって生み出した大作を名刺代わりとした。

現場《ストリート》で活動するアーティストたちも、その存在を知らなかった線引屋。彼は、これまでどこでなにをしていたのか。謎は深まるばかりだ。

線引屋は不良グループと関わりがあることが噂されている。サンライズビルに描かれた

『MASAMUNE』の文字と、そのチームリーダーである鍛島《かじま》という男の似顔絵からも、線引屋がこの街を仕切る『マサムネ』というチームとなんらかの関わりを持っていることは明白であろう。

やはり、夜の街でないと駄目か。

私は一旦《いったん》出直すことにした。不良たちが活動を活発化させる夜までに色々と準備を整えなくては。

5

「――ヤッバ、マジヤッバ」

さっきから興奮した様子の菱田に対し、俺は冷静に言う。

「さっきの記者ってそんなにすごいのか？」

「あの人は知らねえけど、ストリートジャーナルの名前出されたらさすがにビビるだろう？」

まあ、さすがの俺でもメンズファッション誌の名前くらいは知っている。だが、菱田が言っているのは俺の知るその雑誌ではなく、そこの出版社が運営しているウェブ版のストリートジャーナルについてらしい。

ウェブ版では、ファッションよりも、ゴシップ記事を多く取り上げているみたいだ。内容が内容だけに、過激さを求める俺ら世代には受け入れられているのだろう。

「つか、あの戸波って記者さん、俺らが言った話記事にしてくれっかな？」

「いや、難しいんじゃないか？　客観的に見ていたが、あれは菱田の話を適当にあしらっているように見えたぞ」

「うーわマジかよ、それは萎《な》えるな。いやでも、輝夫は基本マイナス思考だし、ワンチャンあるっしょ？」

そんなこと言われてもわからない。

俺はさっきの記者との会話を思い返してみた。

『――すみません、記者さん。このバカは興奮するといつもの二倍ほどバカが表に出るんです。本当にあなたが記事を書いているサイトが好きなんだと思います。だから許してやってください』

『そんなこと気にしないで。それよりも話を聞いていいかしら？　あなたたち二人は、線引屋についてどの程度知ってる？』

俺の謝罪を軽く受け流し、すぐに本題に戻すあたり、この女性は記者としてそれなりにやり手なのかもしれない。

線引屋という人物についてあまり知識がない俺は、正直によくわからないと告げた。

菱田の方は相当詳しく知っていたようで、かなり熱く話していたが、記者の目の色はまるで変わらなかった。つまり、その程度の情報は掴んでいるということなのだろう。

俺たちからこれ以上線引屋という人物について情報は得られないと感じたのか、女性記者は話を切ろうとした。

だが、思い直した様子で、別のネタを探そうとする。

『他に、なにか面白い噂とか聞いてないかしら？』

ここまでくると、記者という生き物は本当に根性が据《す》わっていると感心してしまう。ただでは転ばない、という意志が透けて見える気がした。

『はいはいっ！　俺、俺の話聞いてくれ！』

そう言って菱田はまた興奮してバカが出てしまった。

記者はその様子を見て、一旦手で制してから、俺の方を見て一言。

『まずは、あなたから話を聞かせて？』

そう言われた俺だったが、実際問題、アンダーグラウンドに関する情報など一つも持っていなかった。俺はこれまでの人生、そういう輩と関わらないように生きてきたどころか、むしろ正反対の人生を歩んできたと言っていいはずだ。

『わかりません』

と正直に答えると、記者は明らかに落胆した様子で、『そう』と一言呟いた。

俺に聞いた手前、菱田にも聞かない訳にはいかなかったのだろう。記者は表情にこそ出さなかったが、渋々といった様子で菱田にも同じ質問をした。

『いやぁー、アングラっつったら忘れちゃいけない存在が一人いるっしょ！　じゃじゃーん』

そう言いながらスマホの画面に画像を出す菱田。誰の画像だか知らないが、よくそんなすぐに画像が出てくるな。感心する俺を他所《よそ》に、その画像を見た記者は、『ああ』と理解したような声を発した。

『噂は聞いたことあるわ。それ、喧嘩屋アカサビでしょう?』

『え、記者さん見たことないんすか?　それなのによくわかりますね』

『だって特徴的じゃない。そのくすんだ赤い髪に、ピアスの山。顔を見なくてもわかるわ』

『マジヤバいっすよね。アカサビのアニキ。俺の憧《あこが》れの人なんすよ』

『え、喧嘩屋アカサビと知り合いなの？』

そのとき、記者の目が一瞬光ったような気がした。これはネタになると思ったのかもしれない。

だが、菱田が連絡先は知らないと答えると、目の光も一瞬で陰《かげ》った。

『連絡先は知らないっすけど、過去に一度、不良に絡まれてるところを助けてもらったことがあります。そのときからアカサビさんは俺の人生のアニキなんすよ』

『だけどアイツ、俺たちと同い年だぞ？』

俺がそう言って横やりを入れると、菱田と記者の二人が一斉に俺の方を見た。

これは失言だったかと焦る俺に、菱田は言った。

『年齢の問題じゃねえんだって。精神的な話なんだよ。わからねえヤツだな、輝夫は』

こんなときばかりは、菱田がバカでありがたい。

だが、もう一人の女。記者の戸波だけは誤魔化すことが出来なかった。

『年齢、どうして知っているの？　喧嘩屋アカサビについては、私の前任の記者が記事にしていたけれど、引き継いだ資料にアカサビの年齢なんて書かれていなかった。もちろん、ネットにだって載《の》っているはずがない。あなたは、いったいどこでアカサビの年齢を知ったの？』

畳《たた》みかけるような追及に一瞬気圧された俺だったが、すぐに言い訳の言葉を吐く。

『それ、記者さんの勘違いじゃないですか？　俺は確か、ネットに書かれていたのを見たんですよ。多分一九か二〇歳くらいだろうって』

『へえ。〝だろう〟なんて曖昧《あいまい》な書き方がされていた割には、あなた、随分と断定的に自分たちと同い年だって言い切ったわよね？　失礼を承知で言わせてもらうけど、あなたのお友達ならあり得るかもしれないけれど、私の見た感じでは、あなたはそんな軽はずみな発言はしないはず。どうかしら？』

それから、長い沈黙が俺たちを包み込んだ。

少し話してみてわかった。この記者は俺よりも上手《うわて》だ。少なくとも駆け引きに関しては、社会人経験と職業が生きているのかもしれない。

喋《しゃべ》れば喋るだけボロが出るのなら、沈黙を貫くしかない。

そのままだんまりを決め込んでいると、記者は割とあっさり引き下がった。菱田も交えた追及が始まったら厄介だと思っていた手前、拍子抜けしたが、同時に安心もした。

『今日は線引屋について情報を探しているだけだから、別にいいわ。だけど君。もしもなにか知っていることがあったら、どんな些細《ささい》なことでもいいから私に教えて』

そう言って、名刺を差し出す記者。菱田が受け取ったし俺まで貰う必要はないだろうと事前に断っておいたものを再び出され、俺は戸惑う。だが、ここで受け取らなかったら更なる追及が続くかもしれない。そうなったら、いくら菱田といえども俺の不審な様子に気付くだろう。

名刺を受け取った俺は、事前に釘《くぎ》を刺しておく。

『なにも知りませんよ』

言外に、あなたに話すことなどなにもありません、と伝えるためだ。

恐らく記者は、それを理解しながらこう答えた。

『――ええ、それでも連絡を待っているわ』

6

石神さんの機嫌はなかなか直らなかった。しかも、外は生憎《あいにく》の空模様。外を歩いていたら急に雨までパラついてきた。

ぼくらは駅の高架線沿いにある小さな公園で、トイレの屋根を利用して取りあえず雨宿りしていた。その間もぼくは、なんとか彼女の機嫌を取り戻そうと努力して話をし続けた。このコミュ障のぼくが、だ。

結果的に趣味の話、主に大衆向けのコミックのオススメなんかを紹介して場をつないだ。終始興味なさそうな石神さんに、ぼくは諦《あきら》めモードに突入する。そもそも、趣味嗜好《しゅみしこう》が合わない相手にはなにを言っても無駄だ。悟り世代のぼくは諦めも早い。

それに、さっきまで興味ないアパレルショップ巡りに付き合わされ、辟易《へきえき》していたのはぼくも一緒だ。興味ない話に退屈そうな態度を取られても文句なんて言えない。

そのまま、会話も弾まず沈黙がぼくら二人の間を流れた。話を切り出そうにも、共通の話題が無くてはなかなか言葉が出てこない。こういうとき、クラスのチャラい男子連中が羨《うらや》ましく思えてくる。彼らはなんてことはない話で必要以上に盛り上がり、仲間と一緒にいるということを認識しようとする。それがほぼ初対面の相手でも可能なのだから、コミュ障のぼくには理解出来ないことだ。

結局のところ、ぼくと石神さんは根本的に合わないのだ。これ以上一緒にいても、多分お互いにとって有益な時間とはならないはずだ。そう思ったぼくは空を指差して言った。

「雨が強くなる前に、そろそろ帰ろうか」

目的の買い物がある訳でもないようだし、別に良いだろう。

「送るから」

そう言って歩き出したぼくだったが、続くはずの足音が聞こえてこなくて振り返る。

石神さんはさっきから同じ場所に立ち尽くし、動こうとしない。

「どうかした？」

聞いても彼女は答えなかった。うつむいてしまって、その表情をうかがうことも出来ない。

「……い」

ぼそりと、消え入りそうな声で彼女がなにかを言った。

だが、それはうつむき加減に言われたことも相まって、よく聞き取れない。

いつもズバズバ、ズケズケものを言う彼女からは想像出来ない姿だ。

心配になって、一歩彼女に近づく。

すると、バッと顔を上げた石神さんと目が合う。相変わらずムスッとした顔のまま、彼女は言った。

「マンガ、読みたい」

「え、本当？」

てっきりぼくの話なんて興味ないのかと思っていたけど、そんなことはなかったようだ。

なんか、嬉しいな。

「よしわかった。じゃあ、月曜日に学校持って行くよ。まずは五巻くらいでいいかな？　いや、言いたいことはわかるよ。多分それじゃあ、先が気になって悶々《もんもん》とすると思うんだ。だけど、それも作品を楽しむ醍醐味《だいごみ》だとぼくは思う！　『先が気になる、この先どうなるんだろう』って考えながら、そこをぐっと堪《こら》えて、もう一回最初から読み返してほしいんだ。そうすると、後で『あのシーンはここの伏線だったのか』って驚くと思う。どう、この作品に惹《ひ》かれてきたんじゃない？」

石神さんは目を細め、呆れた顔を向けてくる。

ヤバイ、熱く語りすぎて引かれてしまったのはぼくの方みたいだ。

石神さんは話を切り替えるため、オホンとわざとらしく咳払《せきばら》いした。

「それ、今日で良くない？」

「え？」

「いや、わざわざ月曜に持ってこなくても、これから読ませてくれればいいじゃん」

「それってどういう」

「だからぁ」

理解しろとでも言うように、苛立《いらだ》ったような彼女は言った。

「これから、あんたの家行けばよくない？」

さて、どうしたものだろう。

ぼくと石神さんはバスに揺られていた。

彼女の家は、隣駅の駅前マンション。そんな彼女となぜ同じバスに乗っているのかと言うと、彼女がぼくの家に行くなんて言い出したからだ。

もちろん最初は断ったよ。でも、「おすすめのマンガ、読ませてくれるんじゃないの？」と返され、言葉に窮《きゅう》した。こういうときの彼女の押しの強さはさすがとしか言えない。ぼくは断る理由が思い浮かばず、結局彼女を家に招くことになった。

結果、いまに至る。

彼女は窓際に座りながら、降ってきた雨の影響でくもった窓ガラスに指でイタズラ描きをしていた。

かと思うと、すぐに飽きて絵の隙間から外の景色を眺める。

さっきから、やけに落ち着きないな、石神さん。自分から言い出したくせに緊張してるとか？

いや、まさかね。緊張なんてする理由がないもんね。

家の近くのバス停で降りると、ぼくが先行して石神さんを案内する。歩いて三分ほどで、見慣れた赤茶色の屋根の我が家がお目見えする。

家の前で、ＳＮＯ48（冴えないおっさん四八歳）が愛車の手入れをしていた。マイダディである。

なにをしているのかと思ったら、雨が降っているにもかかわらず、タイヤの汚れを落としている。わざわざ洗車のためだけに買った高圧洗浄機は、従来の持ち運び可能なポータブルタイプのものに比べて、三倍の水圧を実現した優れものだと自慢されたのを覚えている。

友人に自分の家族を見られるというのは、思いの外《ほか》恥ずかしくて、ぼくは父さんに軽く会釈《えしゃく》して「ただいま」と言う。

それに合わせるように、石神さんも挨拶した。

父さんはぼくを見た後、隣を歩く石神さんを見て口をあんぐり開いた。手にしていた超強力高圧洗浄機の先があらぬ方向を向き、母さんが大切に育てている草花を自慢の水圧でなぎ倒す。

父さんはすぐに我に返って慌てて花を起こそうとするが、水圧で吹き飛ばされた草花の命は、悲しいことに刈り取られてしまったようだ。

今夜、父さんの命も刈り取られないことを祈ろう。

玄関を抜けて家に入ると、石神さんは姿勢を正して、「お邪魔します」と礼儀正しく言う。

台所の方からドサドサと何かが落ちる音がしたかと思うと、血相を変えた母が台所の扉を開けて顔を出していた。その表情は、さっき父が向けてきたものと同種のものだった。

ぼくは構わず自室に彼女を案内する。

もちろん変なことなんてあり得ないし、起こり得ない。

こう見えてもぼくは、妄想と現実の区別がつけられる健全なオタクだ。

休日を使ってお茶をご馳走《ちそう》してくれたのも、ぼくの家に来たのも、あくまで彼女の厚意からくるものだろう。

漫画の話になって場を盛り下げてしまったぼくを不憫《ふびん》にでも思ったのか、不機嫌だった彼女はそれでも漫画に興味を示したふりをしてくれたのだ。

ただ、学校での受け渡しは、やはりぼくから漫画を借りるところをクラスメイトに見られたくないと思ったのだろう。だから、家で少し読むことで自分の立場を考慮したに違いない。

それでも、一応ぼくの趣味に付き合ってくれるのだから、石神さんは優しいね。さすがは、加須浦さんの友達。ぼくは、厚意を好意と間違えるほど、間抜けではないのだ。

階段を上り、自室の扉を開くと、ぼくのノートパソコンを勝手に使っている妹の絵里加《えりか》が、「アニキ、ネットで買いたいのあるからパソ借りてるー」と事後報告してくる。

絵里加、恐ろしい妹《こ》。

全国の中高生男子の血の気が引いてるよ。まあ妹の生態を知り尽くしたぼくは、いかがわしいファイルなんかをきちんと隠しているので安心。動じることなく、部屋の中に石神さんを招き入れる。

「あ、もしかして間久辺の妹さん？　こんにちは」

パソコンの画面を注視する絵里加の横顔に、石神さんが挨拶する。

その瞬間、パソコンの前から飛び退《の》いた妹は石神さんの姿を直視し、信じられないものでも見たみたいに目を大きく見開いた。

あーあ、なんなんだろうね、うちの家族。ぼくが女友達を家に招くのはそんなに驚くことかね。この世の終わりでも見たような顔しやがって、グレるぞ。

しかし、妹の驚き方は少し違っていた。

石神さんのことを紹介しようと前に出たぼくを無視して、絵里加は言った。

「冴子ちゃん、ですよね⁉」

「え？」

ぼくと石神さんは呆けた顔を見合わせた。

は？

それから、妹の方に目を向ける。

「絵里加、どうして石神さんのこと知ってるの？」

「そんなの決まってるじゃん。冴子ちゃん、ティーン誌の人気の読モだよ？　知らない訳ないじゃん。ていうか、あたしファンだし」

妹が手にしていた雑誌を見せてくる。そこには、今日と同じくオシャレに着飾った石神さんが、微笑《ほほえ》みながら華麗にポーズを決めていた。

どうやら絵里加は、この雑誌に載っている商品をネットで調べていたようだ。石神さんの載っているページが開かれているということは、ファンという話も本当なのだろう。

「あたしからも質問。なんで冴子ちゃんが家にいるわけ？」

絵里加の問いに、ぼくは答える。

「クラスメイトなんだよ。石神さんは」

「いや、それも驚きだけどそういうことじゃなくて、なんでアニキと冴子ちゃんが一緒にいるのっ？」

質問が重複してないか？

「だから、石神さんはぼくのクラスメイトで――」

「だぁー、もう話になんない。アニキ、ちょっと出てって！」

「ここ、ぼくの部屋なんだけど」

「お茶とお菓子《かし》くらい用意する！　間久辺家がお客さんを軽く見てるって誤解されるじゃないっ」

「そんなこと言うなら絵里加が行けばいいのに」

「口答えしないっ！」

思わずぼくは、日頃のくせで「はいっ」と従ってしまう。

石神さんに格好悪いところを見られてしまったなぁと思いつつも、そもそも格好良いところなんて見せたことないんだし、いまさらこれ以上ぼくへの評価が下がることもないだろうと思い直した。

ぼくは言われるまま、素直に部屋を出て台所に向かった。

7

——で、ウチはどうしたらいいわけ？

間久辺と二人きりというのも緊張するけど、それ以上に彼の妹とサシにされる方が困る。しかもなんか、目とかギラついてない？

少しでも間をもたそうと、ウチから話しかける。

「えっと、妹さん。名前は」

「絵里加です」

「だよね。ウチは」

「冴子ちゃんです」

「だよねぇ」

食い気味で速答され、思わず苦笑いしてしまう。

妹、絵里加ちゃんは廊下の様子を気にしていた。足音でも確認しているのか、立ち上がると扉に耳を当てる。

やがてしばらくして満足したのか、扉から離れる。

「冴子ちゃん」

絵里加ちゃんはウチと正面から向き合って、そう切り出す。

「あ、年下なのに失礼ですよね。ごめんなさい」

と言って慌てて頭を下げてきた。

「別に良いよ。気にしないで」

「そうですか？　それじゃあ遠慮《えんりょ》なく。冴子ちゃん、会えて嬉しいです。雑誌いつも買って読んでます。冴子ちゃんみたいになりたいなってずっと憧れてました！」

素直に嬉しい反応だわ。

ファンレターみたいなものを貰うことは多いけれど、面と向かってここまではっきりファンだと言われることは少ない。絵里加ちゃんのように純粋な憧れを向けられると、自分が頑張っていることに自信が持てるような気がしてくる。

「それは置いといて」

え、置いといちゃうの？

「冴子ちゃん。もう一度聞かせてください」

絵里加ちゃんはそう言うと、さっきまでのキラキラした目から一転、ウチを見定めるみたいにスッと目を細めた。

「どうして、アニキと一緒にいるんです?」

さっきの間久辺の答えでは納得いかないのだろう。

まあ当然よね。クラスメイトだろうとなんだろうと、女子が一人で男子の家に行くなんて普通だったら付き合ってるか、あるいはそれを望んでいるかのどちらかだ。学生なんて特に色恋には敏感な世代だし、興味もない男子の部屋に遊びに行って、変な噂でも立ったら困るから軽はずみに距離を詰めることはしない。

あのトーヘンボクにも、その辺を少しでいいから理解してもらいたい。後で絵里加ちゃんの爪の垢《あか》でも煎《せん》じて飲ませてやろうかしらホント。

なかなか答えようとしないウチに業《ごう》を煮やしたのか、絵里加ちゃんはちょっと語気を強めて言った。

「アニキ、金なら ありませんよ。バイトだってしてないし、こんな訳のわかんない物に金かけてますから」

そう言って、カラフルな髪の色をしたアニメかなにかのキャラクターの人形を棚から持ち出す。

ウチは、少し心外だな、と思いため息を吐いた。

「別に金には困ってないんだけど」

「そっか、仕事だってしてるんだし当たり前ですよね」

じゃあどうして、と絵里加ちゃんは考え込む。

やがて、答えが出たらしい。

「まさか、アニキをからかって遊ぶつもり?」

その答えがしっくりきたのか、絵里加ちゃんは続ける。

「アニキをその気にさせて、クラスの人たちと一緒に笑ったりバカにしたりするんじゃないんですか?」

ウチは思わず言葉を失った。

その様子を見た彼女は、あなたのことは憧れていますとはじめに言い置いた後に、でも、と言葉を続けた。

「もしもアニキを笑い者にするつもりなら、たとえ冴子ちゃんでも許さない」

それは力強く、とても重たい言葉だった。

絵里加ちゃんが言っていることは、ついこの間までウチが間久辺にしていたことだった。

「お兄さん想いなんだね?」

素直にそう思った。良い妹だなって。

絵里加ちゃんは少し照れくさそうに微笑《ほほえ》む。

「あんなアニキでもいちおうは家族なんです。オタク丸出しでキモいけど、良いところだってあるんですよ」

うん、とウチもすぐに頷いた。

そして、「そんなの、知ってるよ」と答えた。

するとと驚いた表情になる絵里加ちゃん。そんなにウチの言葉が意外だったのか、パチパチとまばたきする。

「あいつはさ、間久辺は、オタクだしコミュ障だけど、本当に困っている人を絶対に見捨てない」

ウチが不良たちに誘拐《ゆうかい》されたとき、その場にいた野球部エースの江津《えづ》だって怯《おび》えて動けなくなっていた。だというのに、間久辺はたった一人で、不良たちが隠れ蓑《みの》にしていた廃工場からウチを救い出してくれた。ボロボロになりながら、それでも必死になって。

あの日のことはハッキリ覚えている。

だから、ウチは自信を持って言えるんだ。

「あなたのアニキは、充分に魅力的だよ」

絵里加ちゃんから真剣な眼差しが送られる。どこか真意を探るような視線に気付いたウチは、真っ向からそれに向き合った。

先に根負けしたのは、絵里加ちゃんの方だった。

というより、嬉しそうに微笑《ほほえ》むと、彼女は言った。

「安心しました。冴子ちゃんが、想像した通りの人で」

「そう？　ウチも、あいつに絵里加ちゃんみたいなしっかりした妹がいて安心した。それにちょっと羨ましい」

「本当ですか⁉　じゃあじゃあ、冴子ちゃんのことお姉ちゃんみたいに思っても良いですか？」

絵里加ちゃんは目を輝かせてそう言った。

ウチは考えてみる。絵里加ちゃんはウチのファンで、しかも可愛らしい。家族想いでしっかり者でもあるようだ。そしてなにより、あいつの妹なのよね。

ふむ。ウチはビシッと親指を突き立て、答えた。

「お姉ちゃんって呼んでいいからね！」

下心？　そんなのあるに決まってんじゃん。

ウチの言葉にだいぶテンションが上がっている絵里加ちゃんは――あれ？　フリフリと首を横に振ってしまった。

お姉ちゃんって呼ぶの嫌なのかな？　そう思ってちょっと凹《へこ》んでいると、彼女は鼻息荒く言った。

「恐れ多いです！『お姉ちゃん』なんてとんでもない。『冴子ちゃん』とも、もう呼べませんよ」

絵里加ちゃんは、純真無垢《じゅんしんむく》な目を向けて、言った。

「アネさんと呼ばせてください！」

「え、なんか思っていたのと違う。嫌なんですけど」

「それか、お姉さまとか」

「もっと嫌なんですけどっ⁉」

8

飲み物とお茶菓子《がし》を持って部屋に戻ると、ちょっと席を外している間に、ぼくの妹と石神さんの間に、姉妹関係が結ばれていた。この部屋でいったいどんな盟約が結ばれたのだろうか。聞くのが怖いので気付かない振りをしよう。

「ねえねえお姉さま、服のコーディネート見てもらえません？」

「オッケー、まずはその呼び方あらためようか。話はそれからだ」

……聞こえない振り、聞こえない振り。

それからも、絵里加は石神さんにべったりで全然離れようとしない。

チクショウ、絵里加め、いいかげん石神さんから離れたらどうなんだ。

せっかく遊びに来てくれたというのに、これではぼくお勧めのマンガを紹介出来ないじゃないか。

結局、ぼくはここでもボッチだった。自分の部屋にクラスメイト呼んでも一人になるとか、すごくない？

揺るぎないわ、ぼくのボッチスキル。

まあいい。ボッチ歴の長さは伊達《だて》じゃないってところを見せてやろうじゃないか。

ぼくはおもむろにマンガを手にすると、そのままベッドに寝転がった。行儀《ぎょうぎ》は悪いが自分の部屋だ。文句など言われる筋合いはない。

そしてマンガを開き、ページを操っていく。

「あー、やっぱこのマンガ面白いわー。超お勧めだわー」

チラッと横目で二人の様子を確認すると、ぼくのことなどお構いなしに話を続けていた。

……駄目だ、完全に空気だぼく。

さっきから絵里加が質問責めして、それに石神さんが困りながらも答えるという時間が続いていた。主にファッションの話やモデル業についての質問ばかりで、ぼくが入り込む余地など微塵《みじん》もない。

まあ、石神さんと二人きりにされたところで間がもたないし、絵里加がいて助かってはいるんだけどさ。

しかし、さすがに部屋の主に申し訳ないと思ったのか、それとも愚妹のしつこい質問にうんざりしたのか、石神さんは、「そういえば」と手を叩いた。

ぼくも絵里加も沈黙して石神さんの方を見た。

急に立ち上がった石神さんは、棚に置かれているフィギュアを手に取った。

「こういうの萌《も》えキャラって言うんでしょ？」

「まあ、世間的に言うとそうだね」

ぼくは困惑しながらも、そう答えた。なんなんだ、突然。

「前から聞いてみたかったんだけどさ、萌えって定義はなんなわけ？」

「やたら派手な髪の色じゃないですか、お姉さま」

適当なこと言うな妹よ。粛清《しゅくせい》するぞ。

「なにそれっ、じゃあウチも萌えキャラじゃん」

栗色に染められた髪をサッとかきあげる石神さん。

ほらね、なんか増長しちゃったよ、ギャルが。

ぼくの萌えセンサーにピクリとも反応しないもん。

「間久辺は好きなんだよね？」

「え？　なにが？」

「だから、萌えキャラが」

「いや、それはキャラクターっていうより原作をリスペクトしていて、その過程でフィギュアも集めただけであって、別に萌えキャラが好きとか、そういう短絡的理由では決してないのであって、あくまでストーリーを愛する気持ちが必然的にキャラクターへの愛へと昇華されたのが——」

「アニキモい」

キモいがぼくのアイデンティティーを浸食してるっ⁉

妹の心ない一言に、石神さんはクスッと笑ってから言った。

「好きなんでしょ、実際？　そんなに必死になって誤魔化すことないじゃない。好きなら好きって言っていいんだよ、ウチはバカになんかしないし」

いや、いままで充分にされてきたんですけど。

というか、クラスでも性質《たち》の悪かった野球部の江津と一緒になってぼくをバカにするのを先導してた女子代表が彼女だ。彼女も色々考えるところがあって変わったということなのだろうが、それを素直に受け入れられるほどぼくは大人じゃない。

そんなぼくの心情などまるで理解していないのか、石神さんはやたらと自分の染髪された髪をいじくっては、なぜか嬉しそうに笑っていた。

話題が逸れたのを切っ掛けに、ぼくもなんとなく会話に参加するようになった。

石神さんの興味はもっぱらぼくの部屋にあるみたいで、さっきからやたらとキョロキョロと周囲を見渡している。

男子の部屋が珍しいなんて彼女にかぎってあり得ないだろうから、きっとオタクの部屋が珍しいのだろう。それにしたって少々不躾《ぶしつけ》な態度だと思う。

「あ、なにあれっ」

再び立ち上がる石神さん。

今度はぼくの机の上になにかを発見したようだ。

彼女が手にしたのはカレンダーの束。

絵里加もそのカレンダーの束に目をやった。

「ああそれ。アニキ、なんか最近やたらとカレンダーとかいらない印刷用紙ないかって家中探し回ってたけど、お絵描きしたかったんだね。でも少しは部屋のこと考えなよ。床に絵の具垂れてるからね」

絵里加は絵の具と言ったが、あれはスプレーの塗料《とりょう》だ。どんなに気を付けても噴射したインクが飛び散るのは仕方ないし、臭いに関しても対応するのに限界がある。

ぼくと絵里加が話している間、石神さんはぼくが描いた絵をまじまじと眺めていた。カレンダーというのは、サイズもかなり大きい上にツルツルとした表面がインクの染込みを最小限にしてくれるため、色が混じり合ってボヤけるのを防いでくれる。

よってスプレーアートの練習には最適なのだ。

机の上に置かれているカレンダーと印刷用紙すべて、もう練習で使ってしまったものばかりだった。ライズビルのグラフィティのときに余ったスプレー缶がほとんど空になるほど練習したが、やはりグラフィティのときのような高揚感は得られない。

この数日でつくづく感じてしまった。

紙に描くスプレーアートは簡単だ、と。

掘り下げていけばもちろん奥が深いものだと思うが、紙に絵を描くスプレーアートでは得られない緊張感が、グラフィティにはある。

壁に〝打つ〟あの感覚は、いくら紙に描いても得られないものだ。

「これ、キレイ」

石神さんがポツリとそう言った。

彼女が見ていたのは、スプレーアートでもっともポピュラーとされるものを題材にした絵だ。

まずは紙の中心部に青と緑のスプレーを同時に吹き付ける。それから部屋にあった円形のクッキー缶の蓋《ふた》で青と緑に塗《ぬ》った部分を隠し、その上から紙全体を黒色のスプレーで塗りつぶしていく。

クッキーの蓋を取ると、そこには青と緑が混ざった円形が黒い紙面に浮き出ているかのように残っているという訳だ。インクが乾ききる前に、その青と緑の円の上に、雑誌の一ページを切り取ったものを載せてから、すぐに離す。すると不思議なくらい思った通りの色の混ざり方をしてくれるのだ。

最後に青と緑の混じり合った円の上部、黒い背景と交わる部分に定規《じょうぎ》を使って白いインクで『＊』みたいな線を描き入れることで完成する。

それは宇宙を題材にしたスプレーアート。

青と緑が混じりあった円は地球で、黒い背景は宇宙の闇。最後に描いた白い線は、地球の裏側に隠れた太陽の光が、わずかに顔を出している様《さま》を表している。

その絵ならば、いまなら恐らく一分もかからず描くことが出来るはずだ。

だから、目をキラキラさせた石神さんが、「この絵ちょうだいっ」と言ってきても、別に断る理由はなかったので、彼女にあげることにした。

なんだかんだ言っても、自分が描いた作品を「すごい」と言って見てもらえるのは、悪い気がしない。

それに、そろそろ外も暗くなりはじめたから、石神さんも帰った方が良いだろう。絵をあげたことで話が一度中断され、それを良いタイミングと考えたぼくは、石神さんにそろそろ帰った方がいいのではないかと提案した。

夕飯も一緒しようと引き留める絵里加をなだめすかし、そのまま石神さんを送ることにした。

バスを待っても良かったのだが、次のバスが来る時間を考えると歩いても一緒だと彼女が言い出したため、送ると言った手前、ぼくも駅まで付き合うはめになった。

そうして隣同士並んで歩きながら、チラと彼女の横顔を盗み見たぼくは、つくづく今日はおかしな一日だったと思い返す。

不思議なことに、初めての経験ばかりで緊張こそしたが、こうして終わってみると新鮮で退屈はしなかったなと感じる。

それになにより、石神さんに言ったら勘違いするなと怒られるだろうが、女子と二人きりで出かけるなんてデートみたいなこと、生まれて初めての経験だ。しかも見た目はこんなに綺麗な相手。男として悪い気はしなかった。

一日だけ、と考えるとこれはこれで刺激的な経験だったのかもしれない。最初は大事な休日が一日潰《つい》えてしまうことに乗り気ではなかったが、終わってしまえばどうってことなかった。

もうすぐ駅に到着しようという所にある公園まで来てしまった。

ぼくは立ち止まって、「それじゃあ、この辺で」と手を振った。

だけど、石神さんは手を振り返さなかった。

「ねえ、間久辺。もう少し時間ある?」

「時間? まあ、別にこの後予定とかある訳じゃないけど」

「それじゃあ、もう少し話していかない? 二人で」

話とはいったいなんなのか。

ぼくは恐る恐る彼女の後について行った。自販機で温かいコーヒーを二本買った石神さんは、その内の一本をぼくに手渡した。

「ありがとう」

そう言って受け取ったぼくは、温かいスチール缶で手を温めながら、プルタブを持ち上げてコーヒーの香りを楽しむ。

そこであることをふと思い出し、ぼくは口にした。

「そういえば、石神さんに飲み物を奢《おご》ってもらうのは今日が初めてじゃなかったね」

そう。あれは確か文化祭の前日。クラスの出し物として喫茶店をやることになり、みんなで作成した看板を石神さんが壊してしまったことがあった。その壊れた看板を、彼女に代わってぼくが作り直すことになったのだが、彼女は放課後の教室に、わざわざ飲み物を差し入れしてくれたんだ。

「ああ、そんなこともあったわね」

照れ隠しか、あるいは本当に忘れていたのかはわからないが、少なくとも彼女が優しい言葉をかけてくれたのは、あの日が初めてのことだったたと記憶している。それまではずっと、彼女はぼくをオタクだとバカにしていた。だから覚えているのだろう。

「ねえ、間久辺って普段どういう生活してるの？」

「……唐突になに？」

「唐突じゃなくない？　今日、こうして二人で出歩いてみて思ったけど、ウチ、あんたのこと全然知らないじゃん。だから」

だからって言われても、困るよ。なんて答えたら正解なのか全然わからない。

「別にそんなに考え込むことないじゃん。普通に、あんたが普段どういうことやって過ごしているのか知りたいって思っただけだし」

「普段かぁ。別に、普通に過ごしてるだけだと思うけどな」

「具体的に。例えば、先週の休日の過ごし方は？」

「うーん、そうだな。土曜日は……部屋でネットサーフィンしてたかな？」

「丸一日？ まあ、間久辺ならなんとなく想像出来るわ。じゃあ、日曜日は？」

「日曜日は、確か録画しておいたアニメを部屋で一気に見てたと思う」

「……じゃあ、この間の祭日は？」

「あの日は忙しかったよ。朝から無性《むしょう》に漫画が読みたくなって、読み始めたんだけど、それが五〇巻を超えてる漫画だったから読むのに半日以上かかったんだ。読み終わった後は、ネットで最新のサブカル動画をチェックしてそのまま寝たかな」

「行動範囲狭すぎるでしょ!? あんたの生活、部屋の中で完結しすぎじゃん！」

そんなに驚かれるようなことだろうか。

食料と洗面所とトイレさえ用意されているなら、一週間くらい部屋から出なくても余裕で生活出来ると、割と本気で思っている。

「あんたヤバいよ。絶対ヤバい。将来ひきこもってニートになるって、マジで」

失礼極まりないな、この人。

ぼくは思わずムッとして言い返す。

「そういう石神さんは、どういう休日を過ごしていたの？」

「ウチ？　土曜日はまず、読モの撮影が午前中からあって、午後から読モの先輩たちとランチして、そのままカラオケ。三人で行ったんだけど、フリータイムで八時間とかマジはっちゃけ過ぎ。もう喉ガラガラでホントやばかった」

うぉい、どれだけハードワーカーなのさ。一日を刻み過ぎじゃないか？　どれだけの予定を詰め込んでいるんだろう。この後を聞くのが怖くなってきた。

「日曜は完全なオフだったから、お母さんと買い物に行って、冬物の洋服を選んであげてた。それで、午後から見たかった映画見て、ＣＤ屋見て、ウインドウショッピングしたかな」

休日のくせに全然休んでいるように思えないのはぼくだけだろうか？　もう少しスローライフを心がけてみてもいいのではないかと、本気で思うよ。

「それで、この前の祭日は、今度の撮影の打ち合わせがあったから東京まで行ってたんだけど、思ったよりも早く終わりそうだったから百合を呼んで二人でショッピングしたんだ。

楽しかったなあ。本当、百合は着せ替え人形にすると最高っ」

ほら、と言って、石神さんは自分のスマホから画像を呼び出し、ぼくの方に見せた。

「ふーん。楽しそうだね」

と、平静を装いながら、ぼくは画像の一点を穴が開くほどジーッと見つめた。お店の試着室なのか、小さなボックスの中で慣れない様子でポーズを決めている加須浦さん。

細身な体を活かしたタイトなジーンズか、あるいは彼女の柔らかい印象を際立たせるフリフリのスカートがぼくの中のデフォルトな彼女のイメージだ。だが、画像の中の加須浦さんは、ガウチョパンツというのだったか、裾《すそ》の広がったパンツを履いていて、普段よりも大人っぽい印象だった。笑顔を振りまいていることが多いため、同学年の中でも幼く見られがちだが、こうして着る服を変えただけでその印象もガラリと変わってしまうのだから、やはり驚きを隠せない。普段の加須浦さんも良いのだが、こういう普段とは違う大人っぽい印象の加須浦さんもそれはそれで魅力的で、いわゆるギャップ萌えというヤツだろうか、うん、すごく良い。

この画像はぼくの脳内ハードディスクに永久保存が決定だ。そう思い、再び画像をよく観察しようとしていると……

「――あ、ごめん石神さん。画面が暗くなってきちゃったんだけど」

「うっさいバカ、沈黙の時間長すぎて引くわっ。いつまで見てるつもりよっ！」

そう言いながら、ぼくに見せていたスマホを引っ込めてしまった。

あー、残念、もっと見ていたかったのに。


それから、学校の誰と誰が付き合っているとか、そういうあまり興味のないような話を延々と聞かされたぼくは、さすがに辟易してきた。彼女の話がつまらないとは言わないが、ぼくにとって石神冴子という女性は、これまでもこれからも、恐らく接点を持つことがないタイプの女性だ。そんな相手と面と向かって、しかも二人きりで話をするというのは、それだけで大きな疲労を心に与えるのだ。

ようやく彼女が動き出したのは、話し始めてから三〇分が経過した頃だった。辺りはもうすっかり暗く、等間隔に並ぶ街灯が道を照らしている。駅に近づくにつれてその灯りがどんどん強くなり、営業中の飲食店が道沿いに増えてくると、夜だというのに暗さというものがまるで感じられなくなる。

「今日は誘ってくれてありがとう」

駅前に到着したところで、ぼくは社交辞令的にお礼の言葉を述べる。

そして、そのまま別れて家に帰ろうとしたところで、大声で笑いながらこちらへと向かってくる、柄《がら》の悪い集団の姿が見えた。その内の一人が、石神さんの方を見てから、明らかに歩く速度を緩める。

「なあ葉羽《はばね》君。あの女めっちゃヤバい」

一人がそう言ってこちらを指差すと、集団の歩みは完全に止まった。その視線は、明らかに石神さんに向いているのがわかった。

ぼくが気付いたのだから、すぐ側にいる石神さんだって気付かないはずがない。不良たちの声を聞いた彼女は、少し顔を下げ、小さく震えていた。

昼間、大学生のナンパは軽くあしらっていたが、相手が不良連中ともなるとそう上手く立ち回ることが出来ないのだろう。ましてや、石神さんはつい先日不良集団に誘拐《ゆうかい》されたばかりだし、そのときの恐怖がいまだに忘れられないに違いない。

不良たちが石神さんに声をかけようとしているのか、一歩ずつ近づいてくる。ぼくは、それが見えたため、急遽《きゅうきょ》石神さんの肩を掴み、そのまま肩を抱き寄せた。

不良たちに怯《おび》えているのとは違う意味で体を硬直させる石神さん。

ごめん、石神さん。本当はぼくだってこんなことするつもりはなかったんだけど、相手がいるのだとわかればさすがに連中も引き下がるだろう。人気《ひとけ》のない場所だったらどうかわからないが、ここは駅改札のすぐ側。こんな人通りの多い場所で騒ぎになるような真似《まね》をすることはないはずだ。

それを見た男たちは、舌打ちでも聞こえてきそうなほどの渋面《じゅうめん》を作ると、そのまま不良たちのたまり場が多い東口方面へと姿を消した。

不良たちが完全に見えなくなるのを確認してから、ぼくは慌てて彼女の肩に回していた腕を放した。

「ご、ごめんっ」

文句を言われる前に謝ったつもりなのだが、恐る恐る石神さんを見ると、彼女は振り返り、なにかを言いたそうに口をパクパクさせていた。

ホント、今日の彼女はなんか変だ。いつもみたいに言葉にキレがない。ただでさえ人通りも多いため、小さな声では聞き取ることが難しい。そんな彼女も深呼吸を一つすると、はっきりと告げてきた。

「別に謝ることないじゃん。あんたがウチを助けようとしてくれたことくらい、わかってるから」

「そっか。まあ、余計なお世話だったかもしれないけど、気休めでも力になれたなら良かったよ」

それじゃあね、と言って、ぼくは今度こそその場を離れようとする。

石神さんは、ぼくがあげた簡単なスプレーアートを広げ、それをジッと見つめると、ようやく言葉を見つけたのか、おもむろに口を開いた。

「今日は付き合ってくれてありがとう。それにこれ。このキレイな絵も、嬉しかった」

そう言いながらはにかんだ彼女を見て、歩き出そうとしていたぼくの足が思わず止まる。

こんなの、ずるいと思った。

ぼくが知っている石神冴子という女性は、あんな風に優しそうに笑いかけてこない。今日だけで、彼女の印象が大きく変わってしまった。

「ねえ、間久辺」

石神さんは一対《いっつい》の瞳で、まっすぐにぼくを見た。

「さっきの話だけど、あんた、休日って基本的に暇《ひま》そうじゃん？　なんか、聞いたらずっと部屋にこもってるっぽいし、もっと外に出た方がよくない？　そんでさ、今日、本当はもっと色々見て回りたいところあったんだ。だけど、雨降ってきてそれも出来なかったじゃん。だから、間久辺さえよかったらなんだけど――」

そこで言葉を切った石神さんは、まるで緊張しているみたいに声を震わせながら、その先に続く言葉をゆっくりと口にした。

「――明日も、一緒に出かけない？」

9

夜になり、私は再び街の取材に来ていた。

どこへ行っても線引屋の情報は得られなかったが、だからといって諦める訳にもいかない。

ここは強気で行くしかないのかもしれない。

やはり線引屋と関わりが示唆される不良グループ、マサムネに直接インタビューをするのが確実な手段だろう。しかし、生憎《あいにく》とこの界隈《かいわい》で最大級のチームとなると、取材の協力を頼んだところで、許可が降りるのに時間がかかってしまう場合がある。

必然的に、不良たちのたまり場と化している場所をしらみ潰しに探していくしかなかった。

それにしても、この街の治安は最悪ね。

駅の西口は買い物客が多く集まるため、警察のパトロールや街の自警団の警戒も強いが、少し離れてしまうとそれだけで治安は一気に悪くなる。

それには、ある事情があるのだと記者の先輩から聞いたことがあった。私がストリートジャーナルのコラムを担当すると聞いた、その当時の直属の上司だった先輩は、これは忠告よ、と前置きをしてから話を聞かせてくれた。

それは、数年前に街で起きた殺人事件についてだった。

内容は端的に言うと、不良たちによって駅前の交番で働いていた警官がリンチされ、命を落としたというものだ。事件当時はかなり騒がれ、犯人のほとんどは逮捕《たいほ》されてすぐに解決したが、それはこの街における治安を地に落とすのに充分な出来事だった。ほどなくして警察組織は街の治安維持のために界隈の警戒を強め、人員体制なども大きく見直されることになった。ところが、それで人々の心から恐怖が拭《ぬぐ》い去られることはなかったようだ。

この街は危険だ。一度そう認識されてしまうと、人々は街から離れ、集まってくるのは危険を顧みないか、あるいは自ら望むような不良やストリートギャング、半グレの類《たぐい》ばかり。

もっとも深刻なのが、その事件が発生した場所、つまり駅東口を出て少し進んだ先にある、人気《ひとけ》のない空き地を含んだ範囲を警らする警官たちの恐怖心だと先輩は話していた。

警官だって人間なのよ。

そう言った先輩の言葉が、まさに現状をそのままあらわしているのだろう。

西口界隈は、買い物客や商業ビルを重要視した警察本部の力で、なんとか治安が保たれているようだが、東口側はそうもいかないようだった。

街の治安と人々を守る警察官だって人間で、家族もいるだろう。治安を守ることが仕事だと理解して働いていたとしても、本当に自分を犠牲《ぎせい》にしてまで他人を守れる警察官がどれだけいることか。誰だって自分の身がかわいいし、それを一概《いちがい》に間違いだと責めることも出来ない。

ただ、そういった人間らしい真っ当な意識が、危険地区として認識されている辺りから警官による警らの足を遠ざけてしまっているのは間違いない事実だろう。

結果的に、私がいまいる場所も、不良たちがたまり場としてかなり大胆に利用しているにもかかわらず、警戒されている様子は微塵《みじん》も感じられなかった。

駅東口を出て、チェーンストアの飲食店が立ち並ぶ道を進むと、徐々に道幅が狭くなり、人の通りも少なくなってくる。一五分も歩くと、閉じられた店舗や廃墟《はいきょ》と化した建物がちらほらと見受けられるようになった。

その中で、ひと際目を引く巨大な建物、恐らく結婚式場跡地に人が出入りしている痕跡《こんせき》を発見した私は、中の様子を窺《うかが》ってみる。するとそこでは、若者たちが集まってなにか話をしているようだった。

意を決した私は廃墟の中に入り、そこで集会をしていた若者たちに話しかけた。

危険は承知の上だが、こちらも無策で不良たちの巣窟《そうくつ》に足を踏み入れることはしない。いつでも警察に通報出来るように準備した携帯電話をポケットにしまい、なるべく距離を取って話しかける。

相手は若者。しかも不良ともなれば、ストリートジャーナルのことを知っているようだった。その名前を出し、取材させて欲しいと頼むと、雄叫《おたけ》びのような歓声を誰かがあげる。

「マジやべえって、俺たち、ストリートジャーナルに載るのかよ！」

さっそく、その集まりのリーダーらしき人物が前に出てきた。名前は伏せるという条件で男から名前を聞き出す。

葉羽修司《はばねしゅうじ》。それが男の名前であり、この集団、『ウイングエンジェルス』のリーダーである。

葉羽はウイングエンジェルスというチームがどれだけ凄いか、これからの不良界に新しい風を起こすかということを延々と語っていた。私はそれに興味を示す振りをして聞き流しながら、なんとか隙《すき》を見つけてこちらの質問をぶつける。

「貴重なお話ありがとうございます。ところで、葉羽さんは、最近この街で話題になっていることについてどう思いますか？　例えば、線引屋についてとか……」

するると、葉羽の表情は一変、先ほどまでの笑顔は消え、鋭く射ぬくような瞳を私に向けてくる。

「あんた、まさかそれが目的か？　俺たちの話を聞いてる振りして、線引屋のことを調べるのが腹だろう。クソッ、バカにしやがって！」

突然感情的になった葉羽に対して、私はすぐに誤解だと反論した。だが一度思い込んだら聞かない性質《たち》なのか、私の言葉に耳を傾けようともしない。

その場にいた仲間を煽《あお》って、一気に私を取り囲みにかかる。

もう駄目だ、これでは話し合いにもならない。

そう思い慌ててポケットの中の携帯電話に手を伸ばし取り出すが、それは距離を詰めていた葉羽の手によって弾き飛ばされてしまう。

油断していた訳ではない。ただ、私はストリートジャーナルという看板に安心しきっていたのだ。若者から絶大な人気を誇るストリートジャーナルの名前を出せば、ある程度の自由が利くと思い込んでいた。しかしそれは、私の思い込みでしかなかった。これが、ヤンキー。知識として知ったような気持ちになっていたが、やはり彼らが危険な存在であることに変わりはないのだ。

なにをされても仕方ない。そう諦めかけたとき、廃墟の入口の方から人の気配がした。

ザッザッ、という足音がすると、ウイングエンジェルスのメンバーが警戒態勢に入る。

やがて人影が一つ、夜の闇から現れた。

「女が一人でこの辺りを歩いていたって聞いて様子を見にきたら、案の定《あんじょう》か」

現れた男は、不良集団を前にしてもまったく動じなかった。それどころか、私がこのあたりにいると聞いてわざわざやって来たようだ。

初めはウイングエンジェルスの仲間かと思った。

だが、たまり場として使用されている廃墟に設置された簡易のランプの光でも、その異様な姿は目立った。

くすんだ赤い髪に、大量のピアス。今日の昼間、若者に見せてもらった写真となんら変わらない風貌だ。

私はすぐに、その男性が誰なのかわかった。

「――アカサビっ⁉」

ウイングエンジェルスの中から怯《おび》えたような声がした。

そう、アカサビだ。どこの不良グループにも属さず、ただ喧嘩に明け暮れる最強の喧嘩屋。

「やべえよ、この程度の人数じゃあんな化け物相手に出来ねえ」

及び腰な男を、葉羽が一喝する。

「バカ野郎、相手はたった一人だぞっ。八人でかかれば訳ねえだろうが！」

「だ、だけど噂では二〇人以上を相手にしたこともあるって」

「そんなのただの噂だっ。線引屋もアカサビも、ストリートジャーナルが取り上げて勝手に噂が大きくなってるだけの小物だぜ。俺たちでそれを証明すりゃいいんだよ。ヤツを潰せば、ウイングエンジェルスも一気に千葉連の中で名前が知れ渡るようになる！」

その言葉にモチベーションを高めたのか、部下の七人は拳を構えた。

「また、千葉連か」

アカサビはうんざりした様子で、首を曲げる。

「最近やたらとその名前を耳にするが、いい加減うぜえな。連合がこの辺の不良どもを統率して、少しは落ち着くなら見て見ぬふりしてやっても良かったんだけどよ。こんなゴミみてえな弱小チームに好き勝手やらせるなら、必要ねえよな」

バキッと、アカサビは拳を鳴らした。

「千葉連はいずれ潰す。テメエらはその足掛かりだ」

それはまさしく開戦の言葉。

アカサビに向かって、七人が束になってかかって行った。

正直な話、なにが起きているのか私には理解出来なかった。

いや、違う。目に入ってくる光景があまりにも信じられなくて、脳の処理が追い付かなかったのだ。

七人の動きはまるで統率が取れていないバラバラな動き。全員でかかっていっても、実際に同時に攻撃を加えられるのは精々三人といったところだった。

だが、それでも三人同時の攻撃をすべて捌《さば》きるアカサビの動きは凄まじかった。三人の男たちの六本の腕から繰り出される攻撃をかわし、次に繰り出された蹴りの足を掴んでは、そのまま相手の軸足を蹴り抜いてダメージを与える。一本の足で立っていた男は、その足を潰され倒れ込んだ。地面を転がりまわる様子から、もしかしたら蹴られた所が折れたのかもしれない。

残り六人。

すぐさま動いたのはアカサビだった。一番近かった男と距離を詰めたアカサビは、男の顔面を掌《てのひら》で掴むと、そのまま柔道の大外刈《おおそとがり》のように、足をかけて後方に倒す。柔道と違っていたのは、アカサビが顔面をおさえたことにより倒れた男は後頭部を地面に強く叩きつけられたことだろう。男は意識を失い、残すは五人。さすがに警戒心を強めるウイングエンジェルスのメンバー。距離を取ってアカサビと対峙した。しかし、その距離を平然と詰めるアカサビ。

「バカが、俺たちを舐《な》めるなよ！」

そう言いながら、アカサビが狙った男とは別の人物が死角から攻撃を加え、その一撃がアカサビの顔を完全に捉えた。

「へへ」

と一瞬笑った男だったが、すぐにその笑みは凍りつく。

アカサビは横からの攻撃などまるで気付いてすらいないかのように、狙った男との距離を確実に詰めていた。そして、自然な動きから繰り出された拳が男を捉えると、冗談みたいに後方へと吹き飛ばす。

拳は背筋で打つと聞いたことがある。だが、アカサビのそれは一連の動作から、体全体を使って出された圧倒的な一撃だった。

あっという間に残り四人。だがこの状況を前にして戦意を失わなかったのは、ただの一人もいなかったようだ。四人は我先にと、こちらに背中を向け逃げ出す。

チームのリーダーである葉羽が止めても、意味を成さなかった。

「クソがっ。アカサビっ、これで済むと思うなよ！　その汚ねえ赤錆《あかさび》色の髪と同じ血の色で、テメエを染め上げてやるからよっ！」

「いい加減に黙れよ、四流。オレを倒したかったら一〇〇人集めて出直してきな」

そう言って葉羽の髪を乱暴に掴むと、思い切り引き寄せてその顔に自分の膝《ひざ》を打ち込むアカサビ。

プアッ、と鼻血を吹き出しながら、息苦しそうにもがく葉羽。それに対してアカサビは、葉羽の意識が失われるまで同じ攻撃を繰り返した。

その光景を目《ま》の当《あ》たりにした私は、助けられた感謝の気持ちよりも先に恐怖心がわいてしまった。

「……これが最強の喧嘩屋の力」

私は思わず、そんな言葉をこぼしていた。

「あ？」

アカサビが髪から手を離すと、葉羽はずるりと地面に倒れ込んだ。アカサビの視線が私に向かう。

「あ、あの」

恐怖のあまり言葉が出てこない。ジャーナリスト失格だ。どんな状況でも冷静に言葉を紡《つむ》ぐのが、我々の仕事なのだから。

アカサビは私の前で腰をおろすと、少しムッとした様子で言った。

「あんた命知らずだな。こんな所、一人で来るもんじゃねえよ」

ここに現れたときの言葉の通りなら、アカサビはどうやら、私を心配してここまで様子を見に来てくれたらしい。

「あの、助けてくれてありがとう」

私は、この街においてかなりの大物を目の前にしている。

線引屋もいまや相当なビッグネームだが、アカサビの知名度は別格で、街を行く一般の人々にまで浸透《しんとう》している。その名を口にすれば、街の人間のみならず不良もが怯《おび》える、そんな最強の喧嘩屋が、ここにいるのだ。

私はいてもたってもいられなくなり名刺を取り出した。

「私、ストリートジャーナルで記者をやっている戸波といいます。ぜひアカサビさんを取材させてください」

「あ？　ふざけんな、お断りだよ。助けてやったってのに図々しい女だな」

そんなことわかっている。邪険《じゃけん》に扱われるようなことを私たちはやっているという自覚くらいあるつもりだ。

「なるほどな。ネタを探して自分から不良どもの穴蔵に飛び込んで、結果襲われた訳か。あんた、そんなことやってたらなにされても文句言えねえよ？」

「そんなことわかってるわ。だけど、それくらいやらないと線引屋の情報は得られないの」

「せんびきや？　なんだそれ、果物屋か？」

「うそ、知らないの？」

「知らねえよ。なんだよ悪いか？」

別に悪くはないが、自分が書いた記事で名前が知れ渡るようになってきた線引屋を、同じく有名なアカサビに知られていないことが少し悔しく感じた。

ここは考え方を変えよう。線引屋の情報は全然集まらなかったが、こうして体を張ったおかげでアカサビと出会うことが出来た。

「無理を承知でお願いします。最強の喧嘩屋であるアカサビさんのお話を、ぜひ記事にさせてください」

「嫌だっつってんだろうが。それにあんた、そもそも間違ってる」

アカサビはそう言うと、立ち上がった。

「オレは喧嘩屋じゃねえんだよ」

「それじゃあ、どうして不良たちと喧嘩するんですか？」

そんなの決まっている、とでも言いたげにアカサビは嘆息《たんそく》し、口を開いた。

「正義の味方だからさ」

そのまま立ち去ろうとするアカサビに、私はついていくことにした。見るからに鬱陶《うっとう》しそうにしている彼に、あれこれと質問を投げかけるが、そのことごとくを無視される。

こういう対応には慣れている。多少Ｍっ気がないと務まらないのがこの仕事なんだと個人的に思う。

やがて根負けしたのか、アカサビは深いため息を吐いて立ち止まった。

「わかった。オレの負けだ。あんたは記事になるネタを探しているんだろう？　だったらその線引屋ってヤツの話を聞かせてくれ」

「一緒に探してくれるの？」

そう聞くと、アカサビは「バカ言うな」と答えた。

「ただ、オレもこの街では長いからな。なにかあんたの力になれるかもしれねえ」

そう言われたので、私は線引屋についてわかっていることを話した。ただ、線引屋に関してわかっていることなど本当に限られていて、その名前が明らかになったのさえ、つい先日のことなのだ。

案《あん》の定《じょう》、アカサビは線引屋について心当たりはないようだった。よく考えてみればそれも当然だろう。暴力によってその名前を広く知らしめるアカサビと、グラフィティライターとして有名な線引屋に、共通点は見られない。

私が諦めかけ、アカサビは話も終わったとばかりに歩き出す。しかし、数歩進んだところでアカサビは妙なことを言ってきた。

「そういや、線引屋って名前は、なんでわかったんだ？」

「それは、私の知り合いにプロのグラフィティライターがいて、その人から名前を聞いたのよ。すごいライターが現れたって」

「だったら、あんたの知り合いは、どうやって線引屋の名前を知ったんだ？」

「え？」

彼を追って歩いていた私は、思わず立ち止まった。

アカサビも私にならい立ち止まり、こちらを振り返る。

「だっておかしくないか？　ストリートジャーナルだったか、そこで記事として取り上げられるまで誰もその存在を知らなかったんだろう？　なのに、どうしてあんたの友人は線引屋って名前を知っていたんだよ」

確かにそうだ。どうしてその疑問に気付かなかったのだろう。与儀は友達だ。だから頼りにしているし、信頼もしている。その信頼が目を曇《くも》らせ、普段なら気付くようなことも見落とさせたのかもしれない。

アカサビの言う通り、あらためて思うと不自然だ。与儀は線引屋に関しては名前しか知らないと言うし、知ってる人物にも心当たりはないと言っていた。だから私は、アーティストが集まる場所をしらみ潰しに探して回ったが、いまだ線引屋を直接知る人物に出会っていない。

でも、そもそも与儀は、どこで線引屋のことを知ったのだろう。あの記事が出るまで、その名前など誰も聞いたことがなかった。

そんな情報を、彼女はいったい誰から……

「もしかしたら、線引屋と与儀は知り合い？」

「あるいは、あんたの友人が線引屋本人、とか」

確かに、アカサビの言うようにそれが一番しっくりくるわね。

まあ、どちらにしても与儀はなにかを隠している。

今日店に行ったとき、不自然に逸らされた視線は客がいたからじゃない。やっぱり嘘をついていたからだと、いまはそんな風に思えてきた。

「ありがとうアカサビっ、助かったわ」

人通りのある通りまで出たので、私は走り出す。

アカサビへの取材というのも魅力的ではあるのだが、もうすでに有名な喧嘩屋よりも、これから多くの人に知れわたるであろう線引屋のことを記事にしたい。これは、私だけのネタだ。

そう思うと、襲われた恐怖も助けられた安堵もアカサビに会えた高揚感もどこかへ消え去り、ただ真実を知りたいという想いにのみ体が突き動かされる。

与儀、あんたはいったいなにを隠してるの？

10

「――やっと全快だぜ」

ヒビの入っていた足がようやく治り、固定具が外された俺、御堂数《みどうかずし》は真っ先にバイクを取りに行くことにした。黒煙団《ブラックスモーカー》との一件でボロボロになった愛車が、今日戻ってくるのだ。ケガの完治と重なるなんて、最高のタイミング。これは走りに行くしかねえ。

最近は線引屋が自由に動けるように裏で手を回すなど、バタバタしていたが、俺はそもそも『スカイラーズ』という暴走族に所属していた通り、ライダーだ。こう見えても定期的に体で風を切らないと生きていけないタイプの人間だ、俺という男は。

一日走りっぱなしで、気付くと随分遠くまで来てしまっていた。夜も深まり、そろそろ日付が変わる頃だろうかとスマホに手を伸ばし、時刻を確認したところで、着信が一件入っていることに気付く。

確認すると、電話は鍛島からだった。

俺の所属するチームであるマサムネのリーダー、あのタヌキ野郎はこんな時間にいったいなんの用事だ？

折り返し電話を入れると、向こうも忙しいのかなかなか電話が繋がらない。諦めてまた後でかけ直そうとしたとき、電話は繋がった。

『御堂だな？』

「お疲れ様っす」

『久々に風を切る感覚はどうだい？』

……どうして知っていやがる。

俺は今日、バイクで出かけることを誰にも話していない。

まさか、まだ俺に監視の目を向けているというのか、あの男は。そう思い周囲を見渡すが、それらしい人影は見当たらない。

だが、きっとどこかで俺を監視しているに違いない。

現状、俺には線引屋とのパイプとしての役割があるため、マサムネでもそれなりに権力を与えられているが、そんなの形だけだ。先日の黒煙団《ブラックスモーカー》との一件で、それがはっきりわかった。俺専属の部下として用意されていた連中は、鍛島が俺を警戒するためにつけた監視役でしかなかった。今日もどこかで俺を監視しているのは明白。

俺は相手のペースに呑まれないよう、つとめて冷静に言葉を返す。

「そんな世間話のために、連絡を入れた訳じゃありませんよね？」

『わかってるじゃねえかよ、御堂』

そう言って、電話の向こうで鍛島は笑った。

『まあなんてことはねえ。千葉連の方でごたごたがあってな、その連絡だよ。お前にも無関係じゃないしな』

なんだろう、俺にも関わりあることって。俺は警戒を強めた。

『アカサビ――もちろん、名前は知ってるな？』

「当然。ストリートギャングやっててその名前を知らないのはトーシローですよ」

『確か、お前が前に所属してたチームはアカサビに突っかかってやられたんじゃなかったか？　だとすりゃそのチーム、とんだ素人《しろうと》集団じゃねえかよ』

そんなことまで知っていたのか。俺が前いたチーム、スカイラーズの壊滅。その一件は、ストリートジャーナルでは線引屋がチームを壊滅させたことになっている。だが、鍛島はすでに真相を知っていたのだ。知っていて線引屋の仕業ということにしていた。恐らく線引屋の手柄としておく方が、自分にとって都合が良かったからだろう。

『本題に入ろう』

鍛島は仕切り直すと、簡潔《かんけつ》にこう言った。

『アカサビ。あの目障《めざわ》りな喧嘩屋の首に、とうとう懸賞金《けんしょうきん》がかかった』

スマホを握る手に思わず力がこもる。

俺は驚きのあまり、言葉を選ばず叫んでいた。

「そんなバカなっ、アカサビはチームに属さない喧嘩屋。そんな男を、天下の千葉連がなぶり殺しにしようって言うんですか！」

『驚いたな。仮にも自分の元いたチームを潰した男を庇《かば》うのか、御堂』

「そんなつもりはありません。ただ、大小合わせて二〇チーム以上、構成員も六〇〇の大台に乗ろうっていう千葉連合が、たった一人を潰すためだけに号令を出すなんて、情けねえ話だと思っただけですよ」

『言うじゃねえか。その千葉連幹部に向かってよ』

鍛島の声に若干だが怒気がこもる。しかし、すぐに声の調子を戻した鍛島は、種明かしをした。

『まあ、御堂の言う通りなんだわ、実際。俺たち幹部の誰もアカサビ潰しの号令なんて出してない。あの喧嘩屋相手とはいえ、一人を殺《や》るためだけにそんな命令出せる訳ないだろう、こっちにもメンツってもんがあるんだから』

「だとしたら誰が?」

俺の問いに鍛島は答えた。

『お前、ウイングエンジェルスってチームを知ってるか?』

記憶を探ってみたが、どうにも聞いたことないチームだ。

「知りません」と答えると、『だよなぁ、俺も知らねえ』と鍛島は笑う。だが、すぐにその笑い声はやんだ。

『千葉連の中でもゴミみてえな末席のチームだが、そのウイングエンジェルスって連中、ついさっき千葉連の名前を使ってアカサビ潰しの大号令を出しやがったんだ。バカなチームだから尻尾掴むのも楽勝だったぜ』

俺は呆れて言葉も出なかった。なんて命知らずなことをするんだ、ウイングエンジェルスというチームは。メンツをなによりも大切にする幹部連中が、下っ端の勝手な行動を許すはずがない。

ならばもう、そのウイングエンジェルスというチームは皆殺しにされ、アカサビ潰しの大号令も取り消されているに違いない。そう思っていた俺は、次に鍛島の口から出た言葉に思わず絶句した。

『だがまあ、千葉連の幹部の間では、今回の一件、聞かなかったことにすると決定した』

「はあ⁉ ちょっと待ってくださいよ。それって、アカサビ潰しを千葉連あげて実際にやろうってことですか？」

『厳密には違う。俺たち幹部とそのチームは、アカサビ潰しの大号令など出していないし聞いてもいない。そういうスタンスで行くことにしたんだ』

それは事実上の黙認だ。

『いやぁ、アカサビは俺たち不良にとって目障《めざわ》りな目の上のたんこぶだったからな。ただの喧嘩屋だったら良かったんだが、あの野郎、近頃じゃ正義の味方の真似事《まねごと》なんてやってるみたいじゃねえか。そんな腑抜《ふぬ》け野郎に俺たち不良がやられてるって構図は、どうにも収まりが悪いんだよな。だから、潰せるもんなら潰したいとずっと思っていたんだが、それを俺たちが命じたら大事《おおごと》になっちまう。一人相手によってたかって襲撃なんて、こっちのメンツが丸潰れになる。そんなときに、バカなチームが勝手に千葉連の名前でアカサビを潰そうと号令を出した。俺たちの与《あずか》り知らぬところでな』

なるほど、そういうからくりか。つまり鍛島は、そのチームをスケープゴートに使おうというのだ。

アカサビ潰しの大号令は、ウィングエンジェルスが千葉連の幹部から許可も得ないまま、名前を騙《かた》って勝手に出したものだ。それを真に受けた千葉連に属するチームと、それに与《くみ》する不良たちはアカサビを潰すために行動を開始する。

本来、千葉連ほどの大規模組織が、有名とはいえたった一人の喧嘩屋にそこまで事態を大きくしたらメンツも立たなくなるが、実際はウイングエンジェルスという下位チームの独断であり、幹部連中は関わりを持っていない。そうなれば、今回の号令、仮にアカサビを潰した結果、千葉連をよく思わない連中から非難を受けても、幹部連中はシラを切ることが出来る。

実際に誰も幹部本人からアカサビを潰せと命令は受けていない。よって、アカサビを潰した後で、勝手な号令を出したウイングエンジェルスに責任を取らせ、事態を収拾するというのが千葉連幹部たちの構想らしい。

ホント、ツッパることを忘れた不良ってのは、害悪でしかない。俺は虫酸《むしず》が走る思いだった。

『今日御堂に連絡したのは、そのことで指示を出すためだ』

俺はなにをやらされるんだ?

そう思い身構えたが、鍛島から出た命令に肩透《かたす》かしを受ける。

『なにもするな』

それが、マサムネのメンバーへの通達だった。

しかし考えてみれば当然だろう。千葉連幹部はアカサビ潰しの大号令など寝耳に水だというスタンスに立つ。それなのに、幹部が指揮するチームの構成員がアカサビ潰しに参加していたら、そんな大号令など知らなかったという話に整合性が取れなくなる。

今回、ウイングエンジェルスを筆頭に弱小チームが集まってアカサビ潰しは行われる。

千葉連としては、切り捨てたところで痛くも痒《かゆ》くもない連中だ。

『虫けらどもがどう動くか見物だな。獲物は獅子《しし》だが、あいにくと羽虫ども、数だけはすごいぞ。俺の調べでは少なくとも一〇〇人は集まるはずだ』

鍛島はそう言うと、心底楽しそうに高笑いした。

俺は、胸くそ悪い気分でいっぱいになる。アカサビに義理などないが、数に物を言わせた奇襲などあまりにも卑怯《ひきょう》だ。鍛島との通話を終えた後も、耳障《みみざわ》りな高笑いが耳に残って離れない。

一度深呼吸して気持ちを落ち着かせた俺は、スマホを操作して、電話帳から名前を探し出して電話をかける。呼び出し画面になったことを確認すると、耳にあて、相手が電話に出るのをジッと待った。

11

深夜遅くに電話が鳴った。相手は御堂だった。

アニメを見ているときに邪魔されると、ちょっとした殺意を覚えるよね。

電話に出るなり、ぼくは言った。

「コロスぞ！」

『いや開口一番怖えよ！』

「あと一〇分したらかけ直してくれ、いま忙しい」

『おいおい間久辺、こんな夜中になにか用事か？　まさか、グラフィティ……』

「いや、アニメ見てるところだけど」

『相変わらずブレねえなお前はっ！』

ふう、と電話の向こうで御堂は息を吐き出した。

『真面目な話だ。聞いてくれ』

御堂の様子が、いつもと違うベクトルでおかしい。いつもはもっと軽いノリなのにな。仕方ない、アニメは録画してあるし、また後で見るとしよう。

いまは取りあえず御堂の話を聞くことにした。

「――ちょっと待ってよ。なんでアカサビさんが狙われるのさ！」

『だから説明しただろうが』

千葉連がアカサビさんを襲撃するという話を御堂から聞かされたが、話が複雑でよくからない。不良たちのメンツなんてぼくには関係ないし、理解も出来ない。

「御堂の話を要約すると、そのウイングエンジェルスってチームがアカサビさんに恨みを持っていて、勝手に千葉連の名前を使ったってこと？」

『そうだ。本来ならそんな弱小チームがアカサビ襲撃の号令を出したところで、賛同する者なんて現れないはずだ。だがヤツら、あろうことか千葉連の名前を使って号令を出しちまった。もう動き始めてるチームもあって、事態はかなり大事《おおごと》になりそうだ』

自分たちにとって目障《めざわ》りな存在であるアカサビさんが消えれば僥倖《ぎょうこう》、失敗してもウイングエンジェルスの独断行動として処理すればいい。鍛島たち千葉連幹部はそう考えているみたいだ。

不良たちの駆け引きになんて興味ないし、理解も出来ない。ただ、これだけは言える。

「ふざけんなっ」

アカサビさんが千葉連から狙われているなんて、ぼくはジッとしていられなかった。

『おい、どうするつもりだ?』

「そんなの決まってる。アカサビさんを探して、狙われてること教えてあげないと」

『なにもするな。それが、鍛島がマサムネの構成員に出した命令なんだけどな』

「生憎《あいにく》と、ぼくは鍛島の部下になった覚えもマサムネの構成員になった覚えもない」

それに、とぼくは続けた。

「なにもするなって言われたくせに、御堂だってぼくに電話してるじゃないか」

すると、黙り込む御堂。

アカサビさんは不良に襲われそうになっていたぼくを助けてくれた。だから、アカサビさんが狙われていると聞いて、黙っていることなんて出来ない。

御堂はそのことを理解していて情報を話したのだ。

ぼくがそれを望むとわかっていたからだろう。

「ありがとう御堂。話してくれて」

『いいさそんなこと』

ふん、と鼻を鳴らすと、御堂は言った。

『それで、俺はどうしたらいい？』

「え？」

ぼくは思わず、言葉を呑む。

御堂は鍛島から直接、動くなと釘を刺されている。それに、アカサビさんに義理だってないはずなのに、ぼくを手伝おうというのか？

ホント、バカだよあんた。だけど、今回は御堂の助けは借りない。

「御堂。気持ちは嬉しいけど、あんたは動かないでくれ。もしアカサビさんを手助けしたなんてことが鍛島さんに知れたら、今度は本当に殺されかねない」

仮にアカサビさんを助けられても、それで御堂が犠牲《ぎせい》になったらなんの意味もない。

よって今回、御堂の力は借りられないと思った方が良いだろう。

『気遣いは嬉しいが、策はあるのか間久辺』

「一応、考えはある」

ただ、うまく行く保証なんてどこにもない。

それにまずは、打つべき手というものがある。

電話を切り、着替えを済ませたぼくは、グラフィティ道具が入ったカバンを持って家を飛び出した。

まずは、アカサビさんに危険が迫っていることを、本人に伝えなければならない。それで彼が逃げてくれればすべては解決する。千葉連だって、いつまでもウイングエンジェルスの勝手な行動を野放しにはしておけないはずだ。

アカサビさんを襲撃するために集まった不良たちも、肝心のアカサビさんが姿を見せなければ襲いようがない。数日もすれば諦めて散り散りになるだろうと、御堂も言っていた。

ただ、問題はアカサビさんがどこにいるのかということだった。ぼくは彼のことをほとんど知らない。公園で助けられたっきり、街で会ったこともない。

ぼくは闇雲に周辺を探し回った。駅前に来れば深夜とはいえ人の姿も見られるが、あの目立つ赤い髪は見当たらない。

結局、明け方近くまで探し回ったが、アカサビさんの姿はどこにもなかった。

途方にくれていると、着信が入り、液晶画面に御堂の名前が出る。ぼくは通話ボタンを押した。

『俺だ。追加の情報が入ったから伝える。千葉連の内部もかなり情報が錯綜《さくそう》しているみたいで探るのに苦労したが、どうやらアカサビ襲撃は本日中に行われるらしい』

「まさか、なんでそんな急にっ！」

『言っただろう？ 千葉連の幹部連中は、建前上アカサビ襲撃の情報なんて聞かされていないことになってる。だから、あまり襲撃までに時間をかけたら、幹部連中も気付かなかったという言い訳が通じなくなってしまう。幹部連中が知らなかったと言い張れるのは精々二、三日といったところだろう』

　つまり千葉連の幹部連中から、ウイングエンジェルスの方に早くしろ、と密かに圧力がかけられたわけか。それゆえに、迅速《じんそく》に事態を動かす必要に迫られたウイングエンジェルスは、襲撃に参加出来る不良たちに慌てて連絡を取ってしまった。結果としてまだアカサビさんも発見出来ていないのに、そんな見切り発車の状態で不良たちが街に入り込んできてしまったのだろう。

　確かに、言われてみると駅前がかなり賑《にぎ》わっている。

　土曜日の夜ということで、酔った連中が騒ぎでも起こしているのかと思ったが、どうやら違う。見るからに柄《がら》の悪そうな集団がチラホラと見受けられた。これ、全員がアカサビさんを襲撃するために集まったのかと思うと恐ろしさで腰がひけそうになる。

だが、御堂の口からさらに驚くべき言葉が飛び出した。

『遅れている連中もじきに集まってくる。恐らく、最終的には一〇〇人規模の不良が街に押し寄せてくるかもな』

そんなにっ！

信じられないような数だ。

歩いてくる柄の悪そうな連中に思わず注目してしまい、目が合うと、「なに見てんだ、あ？」と詰め寄られそうになったため、慌ててその場から逃げ出した。

これはアカサビさん一人の問題では済まない。一〇〇人規模の不良が街に流れ込んできたら、アカサビさんだけじゃなく街の人にも危険が及ぶ可能性がある。

いったいどこにいるんだ、アカサビさんは！

12

夜も深まり、勉強もそこそこに眠ろうとしたところで電話が鳴った。相手を確認すると、菱田。

『輝夫か？』

「お前が非常識なのは知っていたが、それにしても深夜が過ぎるぞ」

現在の時刻は深夜一時を回ったところ。

俺が文句を言いたくなる気持ちもわかってもらいたい。

だが、菱田は謝罪の言葉を口にしなかった。

その様子から、それどころではないようだということを俺は察する。

「どうかしたのか？」

そう言って、彼の言葉をジッと待った。

気持ちを落ち着かせるかのように、受話器の向こうで深呼吸を繰り返す菱田。やがて冷静さを取り戻したのか、ようやく俺にも理解出来るように言葉を発した。

『アカサビのアニキが、狙われている』

菱田の言葉に、俺は一瞬頭の中が真っ白になった。

その間も、菱田は話を続けた。

『さっき、高校時代のダチから電話が入ってさ。そのダチ、高校卒業して運送会社に就職したんだ。そこで長距離のドライバーやってるんだけど、さっきサービスエリア寄ったらスゲエ数のヤン車が停まってたんだと。で、度胸だけはあるヤツだから、側にいたヤンキーたちに、なんの集団か聞いたらしいんだ。そうしたら、簡単に答えたらしい。「上からの指示で、喧嘩屋アカサビを潰しに行く」って』

菱田の友人が言うには、かなりの大人数だったため移動にも時間がかかるはずだから、その集団の到着は明け方過ぎになるだろうとのことだった。

『俺がアカサビのアニキから助けてもらったとき、そのダチも一緒にいたんだよ。だから、あいつにとってもアカサビさんは恩人なんだ。そんな相手の危機だし、連絡せずにはいられなかったんだろう』

菱田はそこまで言うと、言葉を一瞬のみこんでから、言った。

『——輝夫、お前もなんだろう?』

俺は否定も肯定も出来ずに、ただ黙った。

『なあ、そうなんだろう? 昼間、あの戸波って記者が俺らに話聞いてきて、アカサビのアニキの話題があがったときのお前の顔、明らかに普通じゃなかった。とても無関係だなんて思えねえよ』

ずっとバカだバカだと思っていたが、それは俺の思い込みだったのだろうか。菱田は気付いていたのだ。俺があの男、皆からアカサビと呼ばれる男のことを知っているのだということに。

だから俺に、アイツの危機を知らせてくれたのだ。

『なあ輝夫。俺は動くぞ。なにが出来るかわからねえけど、知っちまった以上、行動しない訳にはいかねえ。だって俺は、アカサビのアニキにずっと憧れていたんだ』

そんなこと知っている。

俺が初めて菱田のことを大学の構内で見たとき、思った。

噂で聞くアイツは、髪を赤く染めたらしい。さぞ奇抜《きばつ》な見た目をしているのだろう。

そんな風に考えているときに出会った、青い髪の学生。菱田を見て、もしかしてそうなのかと思った。赤い髪の喧嘩屋に憧れて、それと対《つい》を成す青色に染めたのではないか。

だから、大学で見かける度にずっと気になっていたし、話しかけてみたいとも思った。

そんな菱田が、見て見ぬふりを出来るはずがない。

菱田は最後に、電話の向こうでこう聞いてきた。

『輝夫はどうする？　もしかしたら危険なことに首を突っ込もうとしているのかもしれねえ。後はお前が判断しろ』

そう言って俺に選択を委《ゆだ》ねてきた菱田。

普段は強引に押してくるくせに、こういう大事な話のときはしっかりと俺の意見を聞こうとする。こいつはそういう男だ。

だが、答えなんて聞かれるまでもないことだった。

俺は手にしたスマホを強く握り直し、菱田に対して短くこう答えた。

「俺もやる」

13

御堂から連絡を受け、ぼくは大急ぎで深夜の街へと向かった。そして、周囲を探してみたが、アカサビさんは見つからなかった。

ならば、向こうから来てもらう他ない。ぼくはカバンをギュッと握りしめると、中身がしっかり入ってることを確認する。大丈夫、練習は何度もしたし、ライズビルに比べたらこんな場所問題にならない。

だが、いざ壁を目の前にすると、これから自分がしようとしている行為への緊張と罪悪感で手が震えてくる。

グラフィティに出会うまで、ぼくは悪事に手を染めるようなことはなかった。もちろん小さなことを挙げればキリがないだろうが、少なくとも法律に抵触《ていしょく》するような真似《まね》はしてこなかった。

なにもそれは、自分が正しい人間だからという訳ではない。元来ぼくは、利己的で小心者だ。だからこそ、リスクを負ってまで悪事に手を染めるメリットが感じられず、ルールに準じて生きてきた。その生き方は間違っていなかったと思うし、これからもそれが正しいあり方だとも思う。

だけど、ぼくは知ってしまった。

非合法《イリーガル》の魅力を、グラフィティの力強さを。そして、正しさだけで大切なものを守れるほど、この街が優しく出来ていないことを。

だからぼくは、カバンを開き、中に入っているナップザックの中から線引屋の象徴たるガスマスクを取り出す。ドクロを模した覆面を見ても、やはりまだこれがもう一つのぼくの顔だという実感は湧いてこない。

それでもぼくは、線引屋としての自分を受け入れると決めた。そして、線引屋としての自分の力を信じようと思った。だからぼくはガスマスクを着け、パーカーのフードを目深《まぶか》に被り、線引屋としてやれることをやろうと思う。

悪事だとしても、それが正義の味方を助けることに繋がるのなら、ぼくは喜んで悪役になってやる。ちっぽけな自分には、きっとそれくらいしか出来ることなんてないだろうから。

決心を固めたぼくは、与儀さんから貰ったスプレーインクの残りがもうほとんど残っていない中で、あまり使用頻度が高くなかった茶色のものを取り出す。あと二本。それが、喧嘩も駆け引きも出来ないぼくに残された唯一の武器だ。

これから行うのはタギング。

今回は、スローアップの中でもブロックバスターと呼ばれる種類のものを試してみることにした。

ブロックバスターとは、名前の通り、角張ったブロックのような形で絵を形成するものであり、角張った線で形成される漢字を表現するのに最適な手法だ。

頭の中のイメージを、神経を通して右手に送り、それを具現化していく。スプレーを振ったときの攪拌玉《かくはんだま》のカラカラという音と、噴霧《ふんむ》する際のシューという音が周囲に響いていた。

そこは駅からそれほど離れていない裏通りで、飲み屋街へと抜ける道にも使われるため、土曜から日曜にかけての深夜でも人通りがそれなりにある。

徐々に完成しつつあるタグに、足を止めて見入る人の姿が増えていく。数人は線引屋のことを知っているのか、ちらほらとその名前が聞こえていた。

タギングに夢中になっていたが、気付くと、背後に一〇人近い観客が集まっていた。

その多くは見るからに不良然としていて、恐らくはアカサビさん襲撃のために集まった連中だろうと予測出来た。

ジーッとぼくの作業を見ているのは、命令があるまで動けず、他に予定もなくて暇《ひま》だからだろう。

そして、最後の噴霧《ふんむ》でタグが完成すると、「おおっ」とざわめきが起こる。


【線引屋】


茶色のブロック調の文字で描いたタグに、影や背景を描くことで、文字に立体感が出て迫力も一気に増す。こういったオリジナリティに溢れたタグはバーナーと呼ばれ、最後にセミと呼ばれる線を文字の下に引くことで完成する。

作業を開始してから、二〇分強。その間に、騒ぎを聞きつけた不良たちが興味本意で集まってきていた。それに比例するように、さっきまで見物していた一般人は不良に恐れを感じたのか、姿を消していた。

「うっわ、マジヤッべ、モノホンの線引屋かよ」

「写メ撮ろ、写メ」

そう言ってスマホを取り出し、壁のタグやぼくの姿を無許可で撮影し始める男たち。まあね、こういう不躾《ぶしつけ》な態度には慣れてますよ、オタクなんでね。クラスの運動部連中はだいたいこんな感じだし。

パシャパシャと写メの音が断続的に続いたが、それもおさまり始めた頃、やがて一人がこう呟いた。

「線引屋の正体、知りたくね？」

ゾッとする言葉だった。それまで写メを撮るのに気を取られていた不良たちの目の色が変わり、ぼくのガスマスクの下の素顔を暴こうと動き出す。

グラフィティを描き終わってしまえば、当然こういう流れになるであろうことも予想出来ていた。

それでも、不良の騒ぎを聞き付けたアカサビさんが、向こうからやって来る可能性に一縷《いちる》の望みをかけてみたのだが、どうやらぼくの賭《か》けは——成功したみたいだ。

「騒々しいんだよ、テメエら」

ぼくの視線の先。不良たちを挟んだ向こう側に、アカサビさんが立っていた。

声の方を振り返った不良の一人が、真っ先に言った。

「赤い髪にピアスの男っ、アカサビだ！　アカサビの野郎が現れたぞ!!」

警戒を強める不良たち。それだけアカサビさんが不良界で恐れられているということなのだろう。

臨戦態勢に入る不良たち。拳を構えたが、その表情にはどこか怯《おび》えがうかがえる。まるで自らを鼓舞《こぶ》するみたいに、こう言った。

「ひ、怯《ひる》むな。ここでアカサビを殺《や》れば、千葉連でも名前が通るようになる！　これだけの数で圧倒すれば」

「少ねえよ、ボケが」

アカサビさんはそう言うと、一気に距離を詰め、さっきまで喋っていた不良に向かって拳を突き出す。臨戦態勢だった男はアカサビさんの攻撃を腕でガードしたが、それでも勢いは殺せず横方向に体ごと吹き飛ばされた。

ぼくは知っている。

数は確かに圧倒的に不良たちの方が多いが、アカサビさんを倒すつもりならまるで足りないことを。

一〇人の不良たちは、あっという間にそのほとんどが戦闘不能状態になっていた。肉体的にもそうだが、精神的に折れてしまった方が多そうだ。

「こ、こんな化け物、相手にしてられるか」

引きつった声で捨て台詞を吐くと、無傷だった男はいちはやく逃げ出した。

すると、他の不良の手前動けずにいた連中も、たがが外れたみたいに一斉に逃げ出して行った。

「ホントなんなんだ今日は。街が騒がしいったらねえな」

そう言ってアカサビさんは肩を回した。

ぼくのことを視界に入れると、再び拳を握り直す。

「お前、線引屋だろ？　昨日の今日でオレが会っちまうとは、戸波も運がねえ」

なにを言っているのだろう、彼は。よくわからないが、少なくとも線引屋のことを知っているようだ。

「で、線引屋さんよぉ。テメエがさっきの連中の親玉か？」

ぼくは慌ててかぶりを振った。

あんなパンチ食らったら死んじゃう、虚弱体質《きょじゃく》だもん。

それでもアカサビさんは警戒を強めたままだ。なにかの拍子で、すぐにでもその拳が飛んできかねない状況では、まともに状況を説明することも難しい。だからぼくは、覚悟を決めてガスマスクに手をかけると、それを外して素顔を晒した。

「お久し振りです、アカサビさん」

ぼくの顔をまじまじと見た彼は一言。

「誰だ、お前？」

……ショック、大きいよ。

公園で助けてもらった出来事を特別視しているのはぼくだけで、アカサビさんからしたらなんてことはない日常の風景だったのだろう。

気持ちを切り替え、前に公園で助けられたことを話すと、さすがにアカサビさんも思い出したのか、ああ、と頷いた。

「なんだお前、そんな地味な見た目して不良だったのかよ？」

「違います、ぼくは不良じゃありません。ただ、あれからいろいろありまして、結果こうなってます」

そう言って、ぼくはドクロの模様のガスマスクをかざして見せた。

「詳しいことは知らねえし、興味もねえが、お前が街を賑わせてる線引屋ってことで間違いないんだよな」

こくん、とぼくは頷いた。

「だったら、なんでオレに素顔を晒すような真似《まね》をする？　誰もその素顔を知らないって聞いていたんだが」

「こんな覆面した状態じゃまともに話も出来ないじゃないですか。それに、いまにも殴りかかってきそうでしたし」

「いや、オレそんな喧嘩っ早くねえよ」

どの口が言うのっ⁉

ついさっきまで不良たちをボコボコにしてたくせに。

「つーかよ。オレに話ってなんだよ？　こんな危険なアプローチ仕掛けてくるってことは、なにか大事な話があんだろ？」

ぼくは線引屋の衣装を持ってきたカバンに仕舞うと、いま起きている事態の説明に入った。

ウイングエンジェルスが千葉連の名前を使ってアカサビさんを狙っていること。その影響で街に不良たちが集まり始めていること。彼らの数は最終的に一〇〇人以上に達する見込みがあること。

「なるほど。どうもおかしいと思っていたが、この街の騒ぎの元凶はオレか」

目に見えて表情が暗くなるアカサビさん。

当然だ。正義の味方として悪い不良たちを倒して回っていた結果、報復に大勢の不良たちが街に流れ込んできてしまう。良かれと思っていた行動が裏目に出てしまい、少なからず責任を感じているのだろう。

気持ちはわかるが、いまは自分の身の安全を考えるべきだ。ぼくは言った。

「アカサビさん、逃げてください。それを伝えるためにぼくはやって来たんです」

不良たちがアカサビさんを襲撃するのは今日だ。それにあわせて不良たちはどんどん集まり始めている。だったら、今日を乗り切ればかなりの数が諦めて出直すことになるだろう。そして時間が経てば、千葉連もメンツを守るため、いつまでもウイングエンジェルスの勝手な振る舞いを野放しにはしておけなくなる。最終的には、アカサビさん襲撃の命令が誤りだったと宣言せざるを得なくなるはずだ。

これで、アカサビさんを救える。安心しきっていたぼくは、次に彼の口から出てきた言葉に、唖然《あぜん》とした。

「逃げるつもりはねえ。一人残らず、オレが相手してやる」

14

「なっ、なんでですか！　こんな大事《おおごと》、一人の手でどうにかなる問題じゃない」

「かもな」

まるで他人事《ひとごと》のような口調でそう答えるアカサビさんに、ぼくは頭にきていた。

「一〇〇人以上を相手にするなんて、アカサビさんでも無理だ。常識で考えればわかるでしょう！」

「そうだとしてもさ。オレが逃げたら、その不良たちはどうなる？　喧嘩するために集まってきたような連中だぞ。頭に血がのぼった状態で街に入ってきたのに、オレの姿が見つからなければ、やり場のない興奮をどこにぶつけると思う？」

ぼくが答えられずにいると、アカサビさんはグッと拳を握りしめ、言った。

「街の人たちだ。一〇〇人以上の不良が、それこそ好き放題暴れたらどうなるか、お前にも想像出来るだろう？」

それはまさに地獄絵図だ。両親や妹、友人の廣瀬や中西、加須浦さんや石神さんたち、無関係の人間が被害に遭う可能性もあると思うと、恐ろしくなる。

「確かに恐ろしいです。でも、だったらなおさらです。もうぼくらの手に負える問題じゃない。警察に事情を話しましょう」

それしか手はないと考えたぼくの言葉に、アカサビさんは怒気のこもった声で「やめろっ!」と叫んだ。

予想していなかった言葉と態度に、思わず面食らった。

「……どうして、警察は駄目なんですか?」

アカサビさんは逡巡《しゅんじゅん》していたが、やがて言葉を選ぶように、ゆっくりと口を開いた。

「この街は歪んでる。駅を挟んで西口と東口では、その治安の悪さは比較にならない」

言われてみれば確かにそうだ。西口側は商業エリアとして栄えていて治安は良いが、それに反して東口側は治安が悪いとされているのだ。東口側だって飲食チェーンやカラオケボックス、ゲームセンターなど娯楽施設は多く存在しているにもかかわらず、東口の方にはあまり近づこうとしない買い物客は多い。それはひとえに、不良たちが沢山いるからだ。

アカサビさんの言葉がこの東西のギャップのことを言っているのだとしたら、なるほど、確かに歪んでいるな、この街は。

「——その歪みを生み出したのが、オレなんだ」

「え？」

ぼくは思わず呆けた声を出す。

アカサビさんを見ると、彼は大きく息を吐き、空を仰いだ。

だが、やがて決心したのか、「昔話をしようか」と言って、視線をこちらに戻した。

「数年前のことだ。アカサビなんて名が付く以前のオレは、喧嘩屋と呼ばれることが多かった。当時まだ高校生だったオレは、その名の通り、毎日喧嘩ばかりの日々を送っていたっけな」

過去を回顧《かいこ》する言葉からは、懐かしむような色は微塵《みじん》もうかがえなかった。あるのは、ただ後悔と悔恨《かいこん》だけ。

「施設育ちのオレは、ガキの頃からよくからかわれて育った。ガキなんて、自分と違うヤツが珍しくて、認められないもんだろ？　そういうウザい反応に対してオレは、この拳で周囲を黙らせてきた。気付いたときには喧嘩屋なんて呼ばれてたよ」

それとこの街の歪みがどう関係するのだろうか？

ぼくの疑問を表情から読み取ったのか、アカサビさんは話を先に進めた。

「そんなときだよ。オレは一人の警察官に出会い、ある事件の原因になっちまったんだ。忘れもしない、三年前のことだ」

「三年前、警察官……ってまさか、あの事件の⁉」

この街の人間なら誰でも知っている。駅前の交番勤務だった警察官が、不良たち数人にリンチされ命を落とした事件があったのだ。確かあの事件が起きたのがそのくらい前だったような気がする。

アカサビさんは頷くと、言った。

「そうだ。オレはそのオマワリと知り合いだったんだよ。喧嘩に明け暮れて、周囲の人間からほとんど見放されていた当時のオレに、真正面からぶつかってきたバカ野郎さ」

言葉とは裏腹に、彼がその警察官をとても大切に思っていることがわかった。最強の喧嘩屋として恐れられているアカサビさんが、これほど優しい表情を見せるのは意外だった。

「オマワリはオレの生意気な態度にも呆れたり怒ったりしないで、街で見かける度に何度も何度も話しかけてきやがった。鬱陶《うっとう》しかったよ、実際。会う度に『喧嘩はやめろ』『学校へちゃんと行ってるのか？』ってさ。テメエには関係ねえだろって突っぱねても、何度も、何度も……根負けしたのは、オレの方だった」

施設で育ち、頼れる家族のいなかったアカサビさんにとって、その人との出会いがどれだけ大きいものだったのか、ぼくには想像も出来なかった。

そして、それが失われた悲しみも。

「オマワリとは、会えば話をするようになって、気付くとオレは自然と足が交番の方に向かうようになってた。相変わらず喧嘩はやめられなかったけど、それでも回数は減ったし、学校にもそれなりに通うようになっていた。その当時、こんなオレでもまともになりたいとか、本気で思っていたんだ。それを話すと、オマワリは『まずは自分を変えないと駄目だ。周囲に合わせる努力をしないとな』って、オレに学校でなにか役割を貰ってくるように言った。だからかったるかったけど、図書委員なんて柄にもないことやって、オレは自分を変える努力をした」

だけど、と彼はそこで言い淀《よど》んだ。

まるで、過去のしがらみにがんじがらめになっているようだ。

そして、自嘲《じちょう》するように笑うと、先を続けた。

「人間の本質は変わらねえんだ。喧嘩をやめたいと思っても、オレはすでに大勢の不良たちから恨みを買っていたからな。そんなヤツに、今日からまともな人生を歩むから関わらないでくれと言われて、はいそうですかって納得するようなヤツはいないだろ？　オレは街で不良どもに絡まれる度、火の粉を払うために仕方なく相手を殴った。正当防衛が一応は認められていたから退学まではいかないで停学処分で済んでたが、オレという人間は怖い存在なのだと、その度に学校の連中は再認識した。クラスでオレに話しかけてくるヤツなんて、ほとんどいなくなったよ。やっぱり、いまさらまともになれるわけなんてなかったんだ」

そんなとき、事態は動いたらしい。

「当時、オレが喧嘩をしなくなったのに乗じて、ちょっかい掛けてくる不良グループがいた。きっと、喧嘩屋としてそれなりに名前が通っていたオレを倒すことで、自分たちのチームをデカくしようとしていたんだろうな。オマワリは、そんなオレが苦しんでいるのを知っていた。だから見ていられなかったんだろう。そのチームの縄張りに一人で乗り込んで、直談判《じかだんぱん》したんだ。二度とオレに手を出さないこと、そしてそれを部下や周辺の不良たちにも約束させるように、って。頭を下げに行ったんだよ、天下の警察官が、不良に」

だが、結果はわかりきっていた。警察官の言葉をまともに聞くようなら、そもそも不良なんてやっていないはずだ。

そのチームは、むしろ警察官を、アカサビさんを倒すのに利用出来ると考えた。

「廃工場に呼び出されたオレは、その場の光景を見た瞬間、頭の中が焼きキレるかってくらい、ムカついた。オマワリは見るからに、集団からリンチを受けた後だったんだ。怒りに支配されたオレは、飛びかかるように不良たちに向かって行ったが、すぐにヤツらから待ったがかかった。オマワリはまだ生きている。その身の安全を盾に、黙ってリンチを受けろと言ってきやがったんだ」

「それで、アカサビさんはどうしたんですか？」

「そんなの、言うまでもねえ」

不良たちの汚い脅《おど》しに、アカサビさんは素直に従った。

「何度も殴られ、蹴られたが、まるでどうでも良かった。それより、オマワリは苦しそうにしながら、息もだんだんと弱くなっている気がした。だからオレは言ったんだ。あの人を病院に連れて行けって」

だが、不良たちはアカサビさんの言葉を一蹴《いっしゅう》した——

『ばぁーか、自分の心配しろや！』

そう言って、不良たちがアカサビさんを攻める手はさらに激しくなる。

それでもアカサビさんは、ただ懇願《こんがん》し続けた。

『頼む、頼むから、お願いだから、あいつを医者に見せてくれっ！』

必死にそれだけを口にするアカサビさんに、不良たちの笑みはさらに深くなったそうだ。

「不良たちの一人が、オレのカバンを漁って中からホチキスを取り出した。図書委員の仕事で使っていた物だが、ヤツらはそれを発見すると、まるでオモチャを手にしたガキみたいに笑いながら、オレに近づいてこう言った」

『似合わねえもん持ってるじゃねえか。真面目に学生生活か？　喧嘩屋の分際で、夢見てんじゃねえよ』

ホチキスは徐々にアカサビさんの顔に近づく。怯《おび》えるアカサビさんを見た不良たちは喜んで、手を止めようともしなかったらしい。

ホチキスがアカサビさんの耳を挟み——バチン。

耳元で音がすると同時に、激しい痛みが襲う。痛みに苦しむアカサビさんを笑いながら押さえ込んだ不良たちは、その後、何度も何度も、バチン、バチンとアカサビさんにホチキスを打ち込んだそうだ。

『次はどうしてやろう。指、一本ずつハサミで切り落としていくなんてどうだ？』

『ひっ、や、やめっ』

アカサビさんはさらに強い力で押さえられ、抵抗出来なくなった。彼は初めて、人間を『恐ろしい』と感じたらしい。

そして知った。人間の悪意が、ここまで醜いものだと。

だが次の瞬間、ハサミを手にしていた男は、激しい音と共にいきなり前方向に倒れて、意識を失った。その背後には、今にも倒れそうな警察官が、肩で息をしながら鉄パイプを構えている姿があったらしい。

それから、不良たちの標的は再び警察官に向かった。だんだんと熱を帯びていく攻撃。口元に笑みを湛《たた》えながら、アカサビさんを押さえつけていた連中がひとり、またひとりとリンチに加わっていく。

そのとき、警察官に殴られ倒れていた男が目を覚まし、激昂《げっこう》しながら地面に転がる鉄パイプを握りしめる。

アカサビさんは『やめろっ！』と声のかぎりに叫んだ。押さえつけていた一人を振りほどくと、すぐに立ち上がって振り上げられた鉄パイプを掴みにかかる。だけど、その手が届くことは、なかった。

グシャッと、不快な音がアカサビさんの耳にも届いた。

そして、不良の笑い声。

『ハハハ、ざまぁみやがれ、クソ野郎が。なんの力もねえポリ公が舐《な》めた真似《まね》するからこうなんだ』

鉄パイプを持った男は、そう言って再び笑った。

すぐ背後に迫っていたアカサビさんにも気付かずに。

それから、アカサビさんは不良たちを叩き潰したという。どれだけアカサビさんが怒り、悲しみに支配されたのか、考えただけでも心が痛くなる。

アカサビさんは不良全員を倒した後、すぐに警察官に近づいて、体を抱き起こした。鉄パイプで殴打された頭部から、赤黒い血が流れては落ちる。

救急車は呼んだ。もう大丈夫だ。何度も、そう言葉にしたらしい。それは警察官を勇気付けるためのものだったのか、あるいは自分自身に言い聞かせるためのものだったのか、ぼくにはわからない。

警察官は、声をしぼり出すようにして言った。

『……ごめんな。力に、なれなかった』

『そんなことねぇよ！　あんたはオレのためにここまでしてくれた。もう充分だよ』

『情け……ないな。俺は、結局、正義の味方にはなれなかった。自分が、正しいと思うことも、貫けない』

その言葉と共に、警察官の頬を涙が伝った。

『もういい！　喋らなくていいから。もうじき救急車もくるからっ!!』

『なあ。最後に……約束してくれ。人を傷つけるんじゃなく……守るためだけに……拳を振るうって。そうすれば、きっとお前を認めてくれる人が……現れるから』

『最後じゃねえだろ！　あんたガキが産まれたばかりなんだろうがっ。ガキが自慢したくなるような、正義のお巡《まわ》りさんになるって言ってたじゃねえかよ。なにこんな所でへこたれてやがるんだ。正義の味方なら諦めんじゃねえよ』

アカサビさんの声に、横たわる警察官は反応を示さなくなった。

『ふざけんな。約束なんていらねえんだよ。だって、あんたがオレを認めてくれたじゃねえか。それで十分なんだよ！』

だらりと落ちた警察官の腕を掴み、アカサビさんは、体を何度も揺すった。

『チクショウ、チックショウ——まだ来ねえのかよ‼』

救急車のサイレンの音は、聞こえなかった。

そしてそれきり、警察官の言葉も、呼吸の音さえも、アカサビさんの耳には届かなくなった。

聞こえてくるのは、泣きわめいて涸《か》れ果てた、無力な自分自身の叫び声だけだった——

それが、アカサビさんの話のすべてだった。

この駅の東口側の治安が悪いのは、この事件に起因するらしい。

現在交番勤務している警察官だって、下手に不良と関わって、三年前の事件の二の舞を演じることになりたくないから、それほど取り締まりを強化しようとはしない。その穴を突いて、不良たちが東口界隈を根城にするようになり、現在の治安の悪さを生み出していたのだ。

「わかったか？　この街の歪みはオレに責任がある。一〇〇人の不良が相手だろうと、もう他人には頼らない。あんな思い、二度とごめんだ」

それがアカサビさんが逃げるのを拒み、誰にも頼ろうとしない理由だった。彼は続けて言う。

「オレは、本当は正義の味方なんかじゃない。なにも出来なかった、あの日の悔しさを忘れないために、ホチキスで開けられた穴が塞がらないように、ピアスをはめた。そして、無力な自分を戒《いまし》めるために、血で染まったオマワリの最期と同じ、赤い髪に染めた」

それが、彼の奇抜《きばつ》な容姿の理由だったのだ。

彼が自ら正義の味方を名乗って、人助けをしていることを知っていた。だからぼくは、戦隊ヒーローのリーダーカラーである赤と同じ色をした髪は、正義の味方の象徴なんだと思い込んでいた。

だけど、実際は違っていた。

——アカサビ。

赤い錆《さび》のような見た目の髪色から、そう呼ばれるようになった彼の通り名。それは正義の象徴ではなく、血で染まった彼の過去そのものを象徴していたのだ。

「オレは弱い人間だ。自分の体に刻んでおかねえと、きっとオマワリのことも全部忘れて逃げ出そうとする。オレはそういう卑怯な人間なんだよ。どれだけ虚勢を張っても、ヒーローなんてなれるわけない！」

アカサビさんは、自分の存在を根底から否定するように、叫んだ。

「正義の味方なんて、真っ赤な嘘なんだよ！」

15

言葉が見つからなかった。

アカサビさんの抱えた闇は、あまりにも深い。強迫観念のように不良たちを倒し続けることで、自分を守って死んだ警察官に報いようとしている。赤は正義の色と同時に、血の色でもある。彼は自らの歩んだ道を真っ赤に染めながら、正義の味方でなければならないと焦り、たった一人で苦しんでいる。

アカサビさんがこれから向かう先は、彼自身の血で真っ赤に染まっている。一〇〇人以上の不良を相手にすれば、無事に帰ることはきっと不可能だ。

「やっぱり、アカサビさんを行かせることは出来ない」

ぼくはそう言いながら腕を広げ、彼の前に立ちはだかる。

こうしている間も、不良たちはきっと街に流入しているに違いない。だが、アカサビさんを売り渡して、この街に安全が約束されたって少しも嬉しくない。

「お前には関係ない話だ。そこをどけ、線引屋」

「嫌だっ！」

ぼくは思わず感情的になっていた。

アカサビさんを睨み付けると、はっきりと告げる。

「あなたの前に立っているのは線引屋としてのぼくじゃない。アカサビさんに助けられた、間久辺比佐志というあなたの友人だ！　だから絶対行かせない。今度はぼくが助ける番なんだっ!!」

空気が張りつめたものに変わるのがわかった。

拳を構えた彼は、ぼくを真正面に見据えて、言った。

「最後の忠告だ、そこをどけ。オレに友人なんていらない。もう、オレのせいで誰かが傷つくのはうんざりなんだ。邪魔なんだよ、そういうのは！」

彼がなんと言おうと、ぼくはアカサビさんを助けたいと思う。いまの自分があるのは、少なくとも彼のおかげだ。深夜の公園で不良たちに絡まれているところを、彼に救ってもらった。アカサビさんが助けてくれたから、ぼくはいまを迎えている。その恩をいま返さないで、いつ返すのだ。

一歩も引く様子のないぼくを見て、アカサビさんの目がすっと細められる。目の前のぼくを、敵と認識したようだ。

「忠告は、したからな」

そう言うと、一気に踏み込んでくるアカサビさん。

ぼくは思い切り後ろに飛ぶことで一発目の攻撃をかろうじてかわす。その拳は何度も見てきたし、かわすだけならそう難しくない。

だが、次いで襲ってきた拳は、ぼくの腹部を確実に捉えていた。凄まじい威力の攻撃をまともに受けてしまったぼくは、呼吸が出来なくなってその場にしゃがみ込む。

かわすだけなら出来る？

とんでもない勘違いだった。

アカサビさんの初撃はまるで本気じゃなかった。いや、それどころか二撃目すら、到底本気の一撃だったとは言えないだろう。不良たちが立ち上がれないほどのダメージを受ける一撃を、ぼくが受けてこの程度で済むはずがない。

それでも、喧嘩などしたことがないぼくにとっては充分過ぎる威力だった。体は痛みで動かなくなり、すでに彼を止める壁としての役割すら果たせなくなる。

必死に立ち上がろうとするが、息が苦しい上に、足も震えていて満足に動くことが出来ない。これがぼくの限界。やっぱりアカサビさんと並び立つ存在にはなれない。自ら窮地《きゅうち》に向かおうとする彼を、止めることすら出来ないのだから。

アカサビさんはぼくから視線を外すと、歩き出し、一言こう呟いた。

「ありがとな……間久辺」

遠くなる背中を、ぼくは見つめることしか出来なかった。

こんなことなら、彼が狙われている事情なんて話すべきではなかったのかもしれない。

これでアカサビさんは、自ら一〇〇人の不良たちに向かって行ってしまう。彼を助けたいという気持ちが、完全に裏目に出てしまった。

アカサビさんの背中が見えなくなった頃、ようやく動けるようになったぼくは、震える足でなんとか立ち上がり、ふらつく体を支えるために壁に手をついた。

そこには、さっき描いたばかりのグラフィティがある。

まだ、終わった訳じゃない。

アカサビさんを助ける手立てはまだある。間久辺比左志に出来なくても、線引屋としてのぼくに出来ることが、まだ残されている。

――グラフィティを描くこと。

単純だけど、その効果はさっき明らかになったばかりだ。簡単なタギングだけで、不良たちを一〇人以上この場所に集めることが出来た。

それならば、マスターピース――文字通りの傑作を仕上げることが出来たら、アカサビさんに直接的な恨みを持たない不良たちのうち、かなりの数の興味をこちらに集めることが出来るかもしれない。そうすれば、少なくとも一〇〇人以上に襲われる事態は回避出来るはずだ。もちろんなんの保証もないし、確証がある訳でもないが、やってみる価値はある。

そうなると、問題は二つ。グラフィティを打つ場所と道具だが、場所に関して言えばそれほど選択肢が用意されている訳ではない。

アカサビさんを襲撃するために集まった不良たちが一ヶ所に集結するとなれば、間違いなく駅東口側を措《お》いて他にないだろう。よって、アカサビさんも東口側で不良と対峙しようとするはずだ。

だったら決行の場所は決まりだ。

東口側と西口側を隔《へだ》てる高架線のすぐ側。そこなら、不良たちの目をこちらに引き付けつつ、アカサビさんから不良たちを遠ざけることが出来、なおかつギリギリ商業エリアにも迷惑がかからない。

残る問題は道具だ。使いかけのスプレーインクはもうほとんど残っていないため、マスターピースを仕上げるには量がとても足りない。ぼくはスマホを取り出し、電話をかけた。

16

携帯が鳴った。着信を確認すると、その名前に驚く。なんて最悪なタイミングでかけてくるのかしら、間久辺のヤツ。

電話に出ると、彼はどこか焦った様子で言った。

『与儀さん。こんな朝早くにすみません。お願いしたいことがあるんです』

なんだろう？　かなり切羽《せっぱ》詰まった状況だということは口調から想像出来る。

また、なにか厄介事に巻き込まれたのだろうか。

間久辺はあたしの答えを聞く前に、まくし立てるように話した。

『どうしてもスプレーインクが大量に必要なんです。いまからお店の方に行っても大丈夫ですか？』

「前にあげた分はどうしたのよ?」

『すみません。もう、使いきりました』

この短期間で?

それなりの本数あったはずだけど、それを使いきるなんて、いったいどれほど練習したのかしら。ほんと、彼には驚かされてばかりだわ。

用途を聞いてみると、間久辺は驚くべきことを口にした。

『マスターピースを仕上げます』

「はぁっ?」

思わず声が大きくなってしまい、あたしは慌てて口を手で塞ぐ。

それにしてもこのバカ、なにを言っているのかしら。

マスターピースは、原則、キャラクター、スローアップ、ワイルドスタイル、そしてタグを含んだ、非常に高度な技術を要するグラフィティ作品だ。それは言い換えると、仕上がるまでに尋常ではない時間がかかる大作という意味でもある。言うまでもないが、無許可《イリーガル》な壁にマスターピースを描くことは至難の技だ。

基本的にグラフィティの取り締まりは現行犯が基本。だからこそライターは、いかに早く作品を残せるかを研究し、現在のタグやスローアップが編み出された。完全に人の目がなくなるような場所なら別だが、この街は基本的に夜も眠らない。マスターピースなんて描けるはずがないのだ。

「考え直しなさい。興味本意でやれるほど甘くないわ」

あたしもマスターピースと呼べるような作品を手掛けるようになったのは、プロのライターになってからだ。イリーガル時代は、周囲が気になってとてもじゃないが満足出来るような仕上がりにはならなかった。

人の目を盗んで描くことは、それだけ大変なのだ。

それを理解していない間久辺ではないはずだけど、どうしていきなり大それたことを言い出したのかしら。

「ねえ、なにか理由があるの？」

そう聞くと、彼は『アカサビさんを、助けたいんです』と答えた。

「どういうこと？」

それから、間久辺の説明を聞いて、あたしは街の裏側で起きている騒動を初めて知った。

「一〇〇人以上の不良が街に……その注意を自分に向けるために、マスターピースを？」

間久辺は肯定した。

「無茶苦茶だわ。まさか理解してない訳じゃないでしょう？　もしも警察にグラフィティを描いている所を見られたら、その場で捕まるわよ。東口側はそれほど取り締まりが厳しくないと聞くけど、あなた、駅のすぐ近くに描くつもりみたいじゃない。さすがに警察も黙ってないわ」

あたしの言葉に、彼は一言「わかってます」と答えた。

つまり間久辺は、それだけのリスクを冒《おか》してでも、喧嘩屋アカサビを助けたいと思っているんだ。それだけの意志と覚悟があるのなら、あたしに止める権利はない。

いや、むしろ、本当なら力になってあげたい、けど。

「悪いけど、今回は力になってあげられないわ」

電話の向こうで、間久辺は驚いたように息をのんだ。

だけど仕方ない。いまは彼にスプレーインクを提供することが出来ないのだ。

昨夜遅く、あたしの店に再び戸波がやってきた。そして、久々に飲まないかと誘われ、結局彼女と夜通し酒を飲みかわすことになったのだが、どうもその言動には違和感を覚えた。

昼前に顔を出したかと思えば、その日の夜に再びやって来て強引に店に居座り、酒に誘ってきたその態度。それ以上に、会話の途中途中で、線引屋についてさまざまな方向から話を振ってくるのだ。何度も知らないと答えているのに。

それであたしはなんとなく悟った。

戸波は、あたしが線引屋についてなにか知っていると読んでいる。朝になってもまるで帰る気配を見せず、いまも店の奥のアトリエに居座り続けている戸波。あたしは電話を理由に席を外したが、あまり長いこと離れていると怪しまれるかもしれない。

だから簡潔《かんけつ》に状況を説明し、スプレーインクを渡せないことを伝えた。

もし本気でマスターピースを仕上げるつもりなら、かなりの量と種類のインクが必要になるが、それだけ大量のインクを欲する者など、ライター以外には考えられない。そして、いまこの街で騒がれているライターといえば線引屋。大量のインクを間久辺が買いに来たとして、その場を戸波に見られたら、彼が線引屋であることがバレてしまうかもしれない。

「そういう訳だから、ごめんなさい」

『そんな、与儀さんっ！……いえ、なんでもありません』

間久辺は一瞬感情的になりながらも、渋々といった体《てい》で引き下がった。

『すみませんでした、無理なお願いをしてしまって』

明らかに声の調子が落ちているのがわかる。電話越しに、彼が失望したのがわかった。

間久辺とは知らない仲じゃないし、彼の実力は認めている。出来ることなら助けてあげたいけれど、いまのあたしでは無理だ。

電話を切ると、あたしは御堂に電話を入れる。

今回、間久辺は御堂を頼らないつもりでいるようだが、そんなことを御堂が望んでいるとは思えない。間久辺の力になりたいと思っているのは、あたしだけじゃないはずだから。

17

電話を切ると、力が抜けて手がだらりと落ちる。

当てにしていた与儀さんから、スプレーインクを入手することが出来ない。状況は絶望的だ。

種類はそれほどないものの、ホームセンターなどでもスプレーインクを買うことは出来るが、こんな始発も動いてない時間じゃ、まだ店は開いてない。この時間でもやっている数少ない店を見て回ったが、スプレーインクは置いていなかった。こうなったら、正体がバレても構わないから与儀さんの店に行くか？

いや、それは駄目だ。正体がバレて問題になるのがぼく一人なら構わないが、線引屋の正体を与儀さんも知っていたとなると、彼女にも迷惑をかけることになる。

これで万策尽き果てた。

今回、御堂は頼れない。黒煙団《ブラックスモーカー》との一件もある。これ以上、マサムネにおける彼の立場を悪くする訳にはいかない。

与儀さんもそうだ。彼女にはライズビルの一件で、まったく無関係であるにもかかわらず、巻き込んでしまい、結果助けてもらった。

アカサビさんは助けたい。だけど、あの二人に迷惑がかかってしまうのは望ましくない。

そうなると、ぼくは途端になにも出来なくなる。

線引屋なんて呼ばれて名前が知れ渡るようになっても、結局、一人ではなにも出来ない。

喧嘩の世界で生きるアカサビさんの力になろうなんて、思い上がりだったのだろうか。

「クソッ！」

感情的になり、思わず壁を拳で殴り付けると、殴った箇所がジンと痛んだ。

アカサビさんはこんなことを繰り返し、日々を送っているのだ。誰かを殴り、誰かに殴られ、心身を磨耗《まもう》して他人を守る姿は、この街と同じくひどく歪《いびつ》だが、ぼくはそんな彼の生き方を、尊いものだと思う。たとえそれが、過去のしがらみから逃れるための逃避だったとしても、誰かを守りたいと思う気持ちは間違いなく正しいはずなのだから。

だからこそぼくだけは、たった一人でボロボロになりながら戦うアカサビさんの味方でいようと思った。孤独であることを選んだ正義の味方の、数少ない味方として力になりたい。

そしてぼくは、無力な両手を見る。弱々しくて薄汚れた、なにも守れそうにない掌。この手で出来ることなんて、初めから決まっている。

ぼくは開いた手を握りこむと、壁を睨み付けた。

喧嘩屋と呼ばれるアカサビさんなりの戦い方があるように、線引屋としてのぼくの戦い方がある。

その準備のためにさっそく行動を開始する。急がないと、不良たちが完全に街に入り込み、アカサビさんと遭遇してしまう。時間はあまり残されていない。

18

今回のアカサビ襲撃の件で、間久辺は俺に、「御堂は動かなくていい」と言った。俺に迷惑はかけられない、と。

――ったく、頭にくるぜ。アイツの中で、俺はいったいどういう扱いなんだ?

確かに俺と間久辺は趣味嗜好の異なる赤の他人。間違ってもあのオタクは、仲の良いダチなんかじゃない。

だけど俺は、あのライズビルでの出来事のときに言ったんだ。俺たちは一蓮托生《いちれんたくしょう》だって。

アイツは勝手にあの場かぎりだと思い込んでいるようだが、それは違う。間久辺が線引屋としての自分を受け入れたその日に、俺も自分自身に誓った。なにがあっても、アイツが思い切りグラフィティを描けるように手を尽くすって。それが、アカサビみたいに喧嘩も強くなくて、与儀さんみたいにグラフィティの知識もない俺がしてやれる、せめてもの恩返しだ。

アイツがスプレーインクを求めるのなら、やることなんて聞くまでもなく決まってる。グラフィティだ。他に考えられない。スプレーインクの調達を手伝ってやりたいが、生憎《あいにく》俺にツテはない。

だったら諦めるか？

浮かんだ問いに、俺はすぐに答えを出す。

ありえないな。間久辺はこれまで、不可能な状況になればなるほど、俺の想像の斜め上の手段でそれを切り抜けてきた。きっとまだ諦めていないはずだ。

俺はスマホを取り出すと、間久辺に連絡を入れる。

三コールでアイツは電話に出た。

「間久辺、事情は与儀さんから聞いた」

『そっか』

素《そ》っ気《け》ない返事に、俺は続けて口を開いた。

「インクがないらしいじゃないか。どうするつもりだ？」

『どうすることも出来ないよ。だって、この時間じゃスプレーインクを売っているような店が開いてないし』

予想していたのと違う、弱気な返答が返ってきて、俺は思わず眉根を寄せる。

ぶっちゃけると、俺は別にアカサビのことなんてどうでもいい。俺たち不良にとって喧嘩屋アカサビは、邪魔な存在でしかない。わざわざ助けてやる義理などないのだ。

だが、間久辺にとってアカサビの存在は、俺たちにとってのそれとは違うと思っていた。

それに俺としても、今回の千葉連のやり方はスジが通ってねえ気がして気分が悪い。

だから、この絶望的な状況を、間久辺ならなんとかしてしまうんじゃねえかと、そんなくだらねえことを考えて、アイツに連絡をとったんだ。

不良でもなんでもないオタクに、なにを期待してるんだって笑われるかもな。

だけどそれでも期待してしまう。

線引屋なら――間久辺ならなんとか出来るんじゃねえかと、そんな幻想みたいなことを信じてるんだよ。

なあ間久辺、アカサビを本気で助けたかったんじゃねえのかよ。ここで終わっていいのかよ。そんなの俺、納得いかねえぞ。俺の知ってるお前は、そんな半端者じゃねえ。俺みたいなヘタレじゃねえはずだろ。最後まで意地を通してみせろよ！

ああ、わかってる。勝手な言い分だってことくらい理解しているさ。だが、言わずにはいられなかった。

「――だったら、諦めるのかよ？」

俺は、身勝手な希望をアイツに押し付けている。

半端者の俺は、特に理由もなくグレて不良界に飛び込んだ。そんなだから、俺の周りにはクソみたいな連中しか集まってこなかった。類は友を呼ぶだっけ？　ホント、その通りだぜ。俺だってチームのメンバー裏切って自分だけ助かろうとしたヘタレだ。他人のことをどうこう言える人間じゃない。

ただ、そんなときにアイツと出会った。

最初はだせぇオタクとバカにしてた。だけど、自分には無理だと弱音を吐いても、それでも現実に立ち向かう姿は、俺が見てきたどんな不良よりも一本スジが通っていたんだ。

俺はそれを見て、こいつとならやっていけると……いや、やっていきたいと思った。だから線引屋として、今後も活動するようにアイツをこっち側に引き込んだ。間久辺にとっては迷惑だったかもしれねえ。それでも、俺は強欲な不良なんだ。

自己保身のためなら他人を平気で裏切る俺だが、こんな自分を変えたいって、お前を見てたら思った。だから俺は、もう絶対に裏切らねえ。

だからお前も、俺の期待を裏切らないでくれよ。

電話の向こうで、間久辺が口を開いた息づかいが聞こえる。俺の勝手な希望に答えを突き付けようとしているんだろう。

聞きたくねえ。

諦めるしかないなんて言葉、俺は聞きたくねえぞ。

俺の内心なんて知るよしもなく、アイツは躊躇《ためら》いなく口を開いた。

『──諦められる訳、ないじゃないかっ』

俺はその答えに自分の耳を疑った。

どれだけ俺が望んだところで、この状況が八方塞《はっぽうふさ》がりだってことくらい頭の中ではわかっていた。

それでもまだ、間久辺のアイツは折れちゃいねえ。

だったら俺がヘタレててどうすんだ。

「考えは、あるのかよ?」

『一応はね。かなり無茶だと思うけど、ぼくにはそれくらいしか有効な手段が思い付かない』

俺は思わず笑いそうになるのを、咳払《せきばら》いで誤魔化した。なんだよこれ。俺、ガキみたいだ。遠足前の小学生じゃあるまいし、別に俺のために動いてるわけじゃねえのに、こんなにも期待してる。

間久辺が線引屋として行動するなら、俺はその活動を支援する。たとえ間久辺自身がそれを拒んでも、やるぜ。

『準備があるんだ、そろそろ切るよ』

間久辺の言葉に、ああと答えて電話を切る。そして俺も行動を開始した。アイツがなにをするつもりか、詳しいことはわからない。だが狙いは与儀さんから聞いてだいたい理解している。

間久辺はグラフィティを描くことで、アカサビを狙う不良たちの目を自分に引き付けるつもりだ。

アカサビのことだから、一〇〇人規模で一斉に襲われないかぎりやられることはないはずだ。つまり街に入り込んだ不良たちを、アカサビ襲撃とグラフィティ見物の二手に割《さ》くことが出来れば、アカサビを救うことが出来るかもしれない。あとは、どれだけ線引屋の方に不良たちの興味を向かせることが出来るのかに懸《か》かってくる。

そうとわかったら早速《さっそく》行動だ。形だけではあるが、マサムネの幹部としての地位が俺にはある。これを使わない手はない。

アカサビ襲撃に手をあげた不良たちで、俺が連絡の取れる連中に片っ端から連絡を入れ、「うちのリーダーの命令で、マサムネは今回の襲撃に参加しない」と伝える。遠回しに、千葉連の幹部である鍛島は、アカサビ襲撃の一件に関与していない、あるいはするつもりがないことを示す。

どうせ今回の騒ぎの大半は、千葉連で名前を売りたい連中が、幹部たちに認められたくて行動しているに過ぎない、いわば売名行為だ。だから、鍛島たち千葉連の幹部が今回の一件に関与してないことをチラつかせれば、アカサビ襲撃に乗り気だった連中のやる気をある程度は削《そ》ぐことが出来るだろう。

そして、最後に駄目押しでこう言う。

「今日、線引屋が街でグラフィティを打つらしいぞ」

これで、アカサビから線引屋に興味を移す連中も少なからずいるはずだ。

俺に出来る支援はこの程度だぜ、間久辺。

どうするつもりか知らないが、あとは、お前次第だ。

19

「おい輝夫！　おせーよ！」

「これでも急いで来たんだっての」

東口で菱田と落ち合い辺りを見回すと、明らかに普段とは違う空気を感じた。深夜に出歩くこと自体あまりなく、付き合いで遅くなったときに駅を通ったことがあるくらいだが、そのときとは明らかに違っている。

空気が張り詰めていた。なにか事件が起きる前触れだと言われたら納得してしまうような、そんな空気感。

俺と菱田は駅周辺にいる人たちに声をかけた。彼らはどうやらアカサビ潰しに参加するつもりはないようだが、そういう話で動いている不良たちがいることを知っているようだった。

「アカサビの居場所を知らないか?」

俺たちは素性《すじょう》を隠しながら、しらみつぶしにそう聞いて回る。

だが、それらしい証言は得られなかった。

目撃証言自体はいくつか聞き出すことが出来たのだが、どれもちぐはぐで信用に足るものではない。

それにそもそも、俺たちはアカサビに会ってなにが出来るのだろうか。せいぜい、危機が迫っていることを知らせる程度のことしか出来ないが、それに意味があるのかは疑問だ。

俺たちが動かなくても、危機が迫っていることくらい耳に入ってくるのではないか? 誰かが教えてくれるのではないか?

そこまで考え、俺は自分の楽観主義をひっぱたいてやりたくなった。あの男に、そんな仲間がいるものか。あいつはいつも一人だった。一人で戦っていたんだ。

だから、危機を知らせてくれる仲間なんているはずがない。

俺は考えをあらため、再び聞き込みを開始した。

もうあらかた駅周辺の人物から話を聞き終え、そろそろ移動の必要がありそうだと考え始めたとき、駅のロータリーに凄いスピードでバイクが入ってくるのが見えた。

俺と菱田はお互いに顔を見合わせ、なにごとかと首を捻《ひね》る。

バイクで登場した男は、そのままエンジンだけ切り、思い切り息を吸い込んだかと思うと、叫び声をあげた。

「注目しろっ！」

その声に、駅前の喧騒《けんそう》が一瞬にして静まり返る。またざわつきが戻ってくる頃、バイクに乗った男が再び声を発する。

「この後、線引屋がグラフィティを打つらしい。場所は駅のすぐ側だ。興味あるヤツは集まれと周囲に広めろっ。特に、アカサビ潰しなんて下らねえことをしようとしている連中に伝えてくれっ。そんな無意味でダセェことするくらいなら、線引屋のパフォーマンスを見た方がずっと価値があるぜっ！」

深夜の駅前で、そう大演説を繰り広げた男は、同じ文言《もんごん》を二度ほど繰り返し、バイクのエンジンをかけ始める。この場を後にするつもりなのだろう。

俺と菱田は慌てて走り出し、バイクの男の側に寄った。

俺らの様子が目に入ったのか、男はバイクを発進させずに留まってくれていた。

「なんだ、あんたたちは？」

その質問には答えなかった。それよりも、いまはもっと重要なことがある。

「あんた、さっきアカサビの名前を出していただろう？　俺たちはアカサビを探しているんだ。アイツに危機が迫っていることを知らせないといけない。あんたも協力してくれないか？」

一瞬怪訝《けげん》な表情を見せたバイク男だったが、少し間を置いて一言、「わかった」と言った。

「俺の名前は御堂だ。あんたたちは？」

「俺は飯沼。こっちが菱田だ」

「飯沼に菱田か。さっきの話だけど、アカサビはもう自分の身に危機が迫っていることを知っている」

「え？」

「マジか⁉」

俺と菱田は二人とも同時に驚く。苦労した甲斐《かい》はなかったが、それ以上にアカサビの身に迫っていた危機が回避されたことへの喜びが大きかった。

だが、それがぬか喜びであることを、バイク男――御堂が告げた。

「それが、喜べねえ事態なんだ。アカサビの野郎、自分の身に危機が迫っていることを知りながら、街から離れようとしねえ。それどころか、集まってきた不良たちの狙いは自分なんだから、姿を消したら他の人が傷つくことになるとか、下らねえ正義感に囚われて、意固地になってやがる。このままだとあいつ、マジで一〇〇人以上の不良共に襲われることになりかねない」

事態は、俺が思っていたよりも最悪だった。

このままでは、菱田の高校時代の友人が見たという大勢の不良たちが、街を目指して集まってきてしまうだろう。

しかし、どうすればいい。

俺と菱田は、アカサビ本人に危機が伝われば、きっとこの事態は解決するものだと思い込んでいた。だが、それではアカサビが助かったところで、他の人が被害に遭うことになる。そんなことを、アカサビが許すはずもなかった。

事態を解決する手段がまるで思いつかない俺と菱田に対し、御堂は秘策があると言って聞かせてくれた。

「さっきの俺の話を聞いていたか？　この後、線引屋が駅のすぐ側でグラフィティをやるんだ。線引屋については……いまさら話す必要なんてないだろう？」

俺と菱田は頷いた。まさしく昼間、ストリートジャーナルの記者と話したばかりだ。そのグラフィティライターが、いったい今回の事件とどう関係するのか。

「その線引屋も、お前たちと同じだ。アカサビの危機的状況を心配して、自分が危険に晒されるのを覚悟しながらグラフィティをやるって言っているんだ。そうすれば、全員は無理にしても、アカサビ潰しにそれほど乗り気じゃない連中の興味を自分に向けることが出来ると考えてな」

御堂という男は、その線引屋を手助けするためにこうして走り回っているのだという。

だったら俺たちも、やるべきことが見えた気がした。

「なあ、菱田。俺たちも足を使って、線引屋のグラフィティを宣伝しよう。一人でも多くの不良の興味を、アカサビじゃなくて線引屋のグラフィティに向けるんだ！」

菱田は、俺の言葉に頷いた。

時間はあまりない。電話帳に入っている、高校、大学の知り合いに片っ端からこの情報を流す。どこからかアカサビを狙う不良たちに情報が流れるかもしれない。

それと同時に、足を動かして線引屋のグラフィティの宣伝を始める。それだけが、いまの俺たちに出来ることだと信じて。

20

　どれくらいの時間が経過しただろう。いつの間にか朝日は完全に昇り、休日出勤のサラリーマンたちが出勤のために駅に向かう姿が窓の外に見えた。

　間久辺は、あたしからスプレーインクを調達出来なくて大丈夫だったのかしら。御堂には一応連絡を入れたけれど、その後どうなったのか、連絡は入っていない。気にはなっているのに、安易に動けないでいた。

　それにしても戸波、いつまでいるつもりかしら？

　昨夜遅くに店にやって来てから、ずっと居座り続ける彼女は、間違いなく線引屋とあたしになんらかの関わりがあると睨んでいる。ストレートに聞いてこないのは、あたしが答える訳ないと踏んで警戒されるのを避けるための判断か、判然としない。

　戸波は悪いヤツじゃないんだけど、仕事となると完全に人が変わって、驚くくらい公私の区別をハッキリつける。

　以前、プロのグラフィティライターＣＡＧＡ丸としてインタビュー記事を頼まれたときだってそうだ。こっちは友人だから依頼を受けたっていうのに、仕事となったら戸波のヤツ、完全に他人モードでやりづらかったったらないわ。

話が脱線したけど、とにかく彼女は仕事のためなら公私の境を明確化して、場合によっては友人関係を無視することの出来る女だ。そんな割りきった性格だから気が合うのだけれど、いざその矛先を向けられるとなると、たまったものではない。

「ねえ与儀。そういえばさっき電話してたみたいだけど、いったい誰と話していたの？」

戸波はそう言って、机に肘をついた。

大して興味なさそうな態度を演じているつもりみたいだが、ときどき見せる鋭く射ぬいてくるような視線が、あたしの嘘を暴こうとしていることを明確に示していた。かなり時間が経ってから電話のことを聞いてくるあたり、虚《きょ》をついたつもりなのだろうけど、甘いわね。

あたしは平静を装いながら言った。

「それってさっきのデンマ……」

……ええ、噛《か》みましたけどなにか？

だってしょうがないじゃない。

夕べから一睡《いっすい》もしないで緊張に晒され続けているのよ、お口だって疲れてハムハムしちゃうわよ！

ほらぁ、戸波のヤツ不意をつかれて吹き出しちゃってるじゃない。ホント恥ずかしいんですけど。

ただまあ、あたしの体を張った作戦のおかげで、張り詰めた場の空気は幾分か和《やわ》らいだ気がする。

あたしも気負わずに電話の内容について答えることが出来た。

「戸波はさ、アカサビって知ってる？」

あたしの言葉に、驚いたように目を剥《む》く彼女。まあ、ストリートジャーナルの記者なのだから知っていて当然だ。そう思い、あたしはさして気にも留めず、彼女に背中を向け、先を続けた。

「アカサビを狙って、街にすごい人数の不良たちが集まってきているらしいわよ。なんか、ウイングエンジェルスとかいう、昭和臭い名前のチームが裏で動いているとか」

ガタッ、という音に振り返ると、明らかに様子のおかしい戸波が立ち上がっている。ただアカサビを知っているという理由で動揺《どうよう》している訳ではないのが、一目でわかる。

「ねえ戸波、なにかあったの？」

あたしの問いに、少し遅れて彼女は答えた。

「それ、私のせいだわ」

あまりに切羽詰《せっぱつま》った様子の戸波。これではまともに話も出来そうにない。一旦落ち着かせてから、事情を詳しく聞いた。

すると、昨夜、あたしの所に来る前、戸波はアカサビと一緒に居たのだと語った。正確には、彼女が不良たちに乱暴されそうになっているところを、アカサビによって助けられたと言うのだ。

「そのとき私を襲ってきた不良グループの名前が、ウイングエンジェルスだったの」

戸波の言葉に、あたしは驚きのあまりなにも言えなくなる。

つまりアカサビは、戸波を助けたことで、一〇〇人以上の不良たちから狙われることになった訳だ。

しかし、それはあくまで切っ掛けに過ぎない。喧嘩屋アカサビの名前は、不良界のみならずこの街で生活する多くの人の耳に届いている。それだけ彼は、不良相手に喧嘩に明け暮れていたということ。これまでのツケが、昨夜の出来事によって一気に襲ってきたと考えると、一概《いちがい》に戸波のせいとは言い切れない気がする。

だが、そんなことを言ってもいまの彼女の耳には届かないだろう。身から出た錆《さび》ではあるが、それでもやはり切っ掛けは戸波を助けたことに起因するのだから。

「私、行かないと！」

戸波は慌てて立ち上がる。

いまにも飛び出してしまいそうな勢いの彼女を捕まえて、あたしは言う。

「落ち着きなさい。まずは取るべき手段があるでしょう。あなたジャーナリストなんだから、焦っているときこそ冷静に行動するようつとめないと。わかるわよね？」

小さく頷く戸波。そして、「警察に通報するわ」と言う。

やむを得ないだろう。間久辺から、アカサビ自身が警察を頼りたがっていない話は聞いていたが、もうそんなことを言ってられない。大勢の不良が喧嘩を目的に街に入り込んできたら、どんな問題が発生するかわかったものではない。不良たちのフラストレーションをアカサビ一人が受けるには、あまりにも重過ぎる。それこそ、死人が出てもおかしくない状況だわ。

街に不良が集まってきていることを警察に通報している戸波だが、その表情はどこか釈《しゃく》然《ぜん》としないものだった。すぐに電話を切ると、彼女は困惑した目でこちらを見る。

気になってあたしは聞いてみた。

「警察、なんだって？」

「……うん。通報の内容なんだけど、さっきから何件も寄せられているんだって。すごい数の人が、押し寄せているって」

東口側はそんな大変な騒ぎになっているのか。普段は警察の介入もあまりないが、それでも一〇〇人規模の不良が集会など開いていると通報を受ければ、動かない訳にもいかないだろう。

「それで、東口側のどの辺りに不良たちが集まっているのか、警察は言ってなかったの？」

戸波はあたしの質問にかぶりを振った。

さすがに、警察は不良たちの集まる危険地帯を教えなかったようね。

でもまあ、東口側で集会が出来るほど広い場所は限られていて、だいたい五ヶ所くらいだ。それらをしらみ潰しに探していけば、いずれはアカサビに出会えるかもしれない。そこまで彼が無事なら、の話だけれど。

そう考えたあたしだったが、次に放たれた戸波の言葉で、驚きのあまり動けなくなった。

「すごい人波が、駅の方に向かっているって」

は？　駅って、まさかそんな場所にウイングエンジェルスは不良たちを招集したというの⁉

戸波も同じように疑問を抱いたのだろう。真相を探るべく、「与儀。私、ちょっと様子を見てくるわ」と言った。

あたしは頷き、「付き合うわよ」と答えた。

そうして、あたしたち二人は店を出て駅の方に早足で向かった。

大通りに出ると、いつもと違う様子に思わず足が止まる。

普段ならさまざまな方向に向かう不連続な人波が、今日は同じ方向に向かって流れている。その先は駅の方だ。まだ一〇時にもなっていないというのに、娯楽施設が集まっている方とは正反対の方向に流れる若者たちの波に、あたしたちは困惑しながら混じった。

その波は、駅を通り過ぎると、高架線沿いにある、東口側と西口側を繋ぐ小さな記念公園の方にそのまま伸びていた。

それにしても、すごい人だわ。

すでに人数を把握出来ないほどの群れ。

喧嘩の野次馬にしてはあまりにも多すぎる。それに、ここに集まっている人の中には、そういった不良たちの争いを毛嫌いし、むしろ離れていきそうな一般人も多く含まれていた。それでも人並みは、高架線に沿ってどんどん続いている。

この街に、いったいなにが起きているの？

隣を歩く戸波を見ると、丁度誰かから電話がかかってきたのか、携帯電話を耳に当てている。あまりに人の往来が激しくて声が聞き取れないが、なにか焦っているのだけは、その様子からうかがい知れた。

戸波は電話を続けているため、状況を理解するためには先に進むしかない。身を乗り出すようにして人々の流れに乗って進むと、狭い道の先にようやく公園が見えてきた。長いことこの街で生活しているけど、ベンチと公衆トイレがあるだけのこの公園に人が集結しているのを初めて見たわ。

やがて、集団が立ち止まっているのを見定めると、その視線が同じ方向を向いていることに気付く。

彼らは公園に背中を向け、普段であれば見向きもしないはずの高架線の薄汚れた壁面を注視している。

あたしも壁の方を見て、そして驚愕《きょうがく》した。

そこには、真っ黒なパーカーのフードを目深《まぶか》に被った人影。チラと振り向いたその顔には、ドクロを模したガスマスクが装着されていた。

隣で電話していたはずの戸波が、いつの間にか通話を終えていた。

「本当に線引屋っ⁉」

彼の姿を見た戸波は、声を荒らげる。

そう。そこには線引屋の——間久辺の姿があった。

21

「本当に線引屋っ⁉」

思わず私は声を張りあげた。さっき掛かってきた電話で聞いた通りだった。

電話の相手は、昨日の昼間に会った青年。名前は確か、飯沼と言ったかしら。あの真面目そうな青年から電話が入り、今日、線引屋がグラフィティをやるらしいと教えられたのだ。駅前という情報を聞き、まさかと思ったが、この人波の中心に線引屋がいるとは夢にも思っていなかった。

あれこそ、私が探し求めていた人物。だけど、予想とは反していた。

ちらと隣を見ると、与儀も驚いたように呆けた顔をしている。

線引屋の正体は、与儀じゃなかった?

そうだとばかり思い込んでいた私は、目の前の現実にただただ驚くばかりだった。与儀が線引屋だと決めてかかっていたからこそ、昨日の夜からずっと彼女に張り付いていたのだ。

だけど、線引屋はこうして目の前にいる。

私同様、人の群れが見つめる先には線引屋と、彼の描いたグラフィティがある。だが、それは私が知るスプレーインクを使用したグラフィティとは、明らかに違っていた。

「なんなの、あれ？」

ぽつりとこぼれた私の言葉を、喧騒の中から与儀が拾い上げ、答えた。

「あれは〝リバースグラフィティ〟よ」

リバース、グラフィティ？

聞いたこともない名前だわ。前に与儀を取材したときに、グラフィティのことは簡単にではあるけれど勉強したのに、その名前には聞き覚えがなかった。

「なんなの、それって？」

与儀は頷くと、自分でも信じられないものを見ているような、そんな呆けた顔のまま答えた。

「リバースグラフィティは、排気ガスや長年の塵《ちり》や埃《ほこり》が付着した壁の汚れを落とすことで線を描き、あらわになった本来の綺麗な壁と、汚れた部分との明暗を利用して絵を描く手法よ」

言われて見てみると、線引屋の手には、本来ライターが手にするスプレーインクもフェルトペンも握られておらず、壁に向かって伸びたノズルが握りしめられている。そのノズルは管を通して機械に繋がっているのが確認出来、そこでようやくその機械がなんなのか理解出来た。

それは、通販などでも手に入る家庭用の高圧洗浄機だった。機械から伸びたホースの先をたどると、背後にある小さな公園まで伸び、トイレの方へと続いていた。恐らくトイレから引いた水を使っているのだろう。

私は与儀に聞いた。

「あれで絵を描くの？」

「半分正解ってところかしら。あれは一般的なリバースグラフィティとはやり方が違う。ほとんどの場合、切り抜きした型を接地面である壁や地面に張り付け、その上から高圧洗浄機により強力な水圧をかけて汚れを落とす。その後で型を外せば、切り抜かれた穴の部分だけ汚れが落ち、絵が浮かび上がってくるというのが一般的なリバースグラフィティのやり方よ」

「型紙の上からインクを吹き付けるステンシルアートと似てるけど、丁度正反対じゃない。線引屋のやっているのはそれとは違うの？」

「ええ。あれはフリーハンドよ。型なんて使ってない。言うまでもないことだけど、型を使った、ただ水圧をかければ絵が完成するものと違って、フリーハンドは難易度が格段に高い」

型紙を使って、ただデタラメに水圧をかければ絵が完成するのと比較したら、確かにそうかもしれないが、そこまで難しいものだろうか。

その疑問を正直に伝えると、与儀は真剣な顔つきで答えた。

「正直言って、あたしにはとても真似《まね》出来ない」

彼女の言葉に、私はただただ驚くばかりだった。

私はあくまでも記者であって絵に詳しい訳ではないが、与儀のグラフィティは友人としての贔屓目《ひいきめ》を抜きにしても、素晴らしいと思っている。そして彼女自身、プロとしての自信を持っていることを知っている。その与儀が弱気な発言をするなんて信じられない。

だから、私は言った。

「与儀はプロのライターの中でも、写実的なステンシルアートを得意としているんでしょう？　前に取材のときに話していたじゃない。絵画の世界だって油絵や水彩画みたいに、それぞれジャンルの住み分けがあるはずよ。線引屋とは根本的に得意分野が違うってだけの話じゃないの？」

「確かにあたしの得意とするのはステンシルアートよ。だけど、フリーハンドだってもちろんやるわ。というか、ライターが作業行程を見せて観衆が盛り上がるのは、言うまでもなくフリーハンドの方だもの」

与儀の言いたいことはつまり、パフォーマンスとしてのグラフィティについてだろう。

シールを張り付けたり、型紙の上からスプレーを吹き付けたりするだけで絵が完成するステンシルアートは、クオリティこそ高くなるが、その作業工程を見てる人は退屈する。以前与儀に作業風景を見せてもらったことがあるが、壁に描く本番よりも、むしろ準備段階にかなり時間が掛かっていた。そして実際に作業が始まると、本人を前にしてはあまり言えないが、拍子抜けしたのを覚えている。

だが線引屋は違う。なにもない所に線を引き、やがてその線一つ一つが繋がり合い、結実して意味を成す。徐々に現れる絵を見て、観衆は『おおっ』とざわめいた。

その様子をまっすぐに見ながら、与儀は言った。

「人気が欲しいライターなら、見せるだけでなく魅せるグラフィティを目指すわ」

「魅せる、グラフィティ？　えっと、それってグラフィティを完成させるという結果だけでなく、描いている過程もパフォーマンスとして見せるということ？」

「ありていに言えばそうね。あたしも許可を得た壁に向かってフリーハンドでグラフィティを描き、完成させる過程を観客に見てもらうイベントを開いたことがある。それは、イリーガルの中で育った本来のグラフィティ文化とは相反《あいはん》する行為よ。グラフィティの起源は〝落書き〟であって、描いているところを見つからないようにするのが原則。そのために深夜遅くに活動したり、短時間で描けるスローアップという手法が編み出されたりしてきた」

そう言うと与儀は眉間《みけん》に皺《しわ》を寄せ、苦々しい表情で言葉を続ける。

「だから、あたしたちプロを否定的に捉えるライターは少なくないのよ。グラフィティはあくまで自己主張を目的とした反社会的なストリート文化であって、それを描く過程をパフォーマンスとして見せるなんていうのはナンセンス。そういうのが、否定的な意見の総論ね。実際、ネットなんかでは、安全な立場でグラフィティを打つあたしのことを、腰抜けってこきおろす書き込みなんかもあるみたいよ。元イリーガルなライターとしては、その言い分は理解出来ないでもない。それでもあたしは、プロになることを選んだ。結果として、描きながら観客と触れ合う楽しさを知ったし、それは間違いなく、イリーガルなライターには味わえない喜びだと、そう思っていたのに」

与儀の視線は、まっすぐに線引屋へと向いていた。

大勢の観衆もまた、すっかり線引屋のパフォーマンスに見入っている。

与儀はその様子を、どこか悔しそうに見ていた。

「……信じられないわ。イリーガルのライターが、これだけの観衆を集め、熱狂させるなんて。プロとして自信を失いそうよ」

そう言うと、与儀は再び唇を噛んだ。

私はたまらず言っていた。

「待ってよ与儀。これだけの人が壁にグラフィティを描くところを見てしまったのよ。警察が落書きを取り締まる方法は現行犯が原則とはいえ、証人があまりにも多すぎる。こんなの、警察が来たら一発でアウトじゃない。バカが自棄《やけ》を起こしたとしか思えないわ。与儀がやってる正当性のある芸術活動と、蛮勇《ばんゆう》を比較していいものじゃないわ」

だが、私の言葉に与儀はゆっくりと首を横に振る。

「リバースグラフィティっていうライティング方法は、こう評されることがある」


――究極のグラフィティ。

「そう呼ばれる理由は、グラフィティというものが、大前提として落書きという犯罪行為ということにあるのよ。グラフィティを現代アートと捉える芸術家が一定数いる半面、街の景観や都市としての治安すらも破壊する行為、ヴァンダリズムだという認識が社会的には大半を占めているわ」

「確かに、街中で見かけるグラフィティのほとんどは不愉快なただの落書きね。与儀には悪いけど、グラフィティに限らずヒップホップ文化っていうのは、大勢の目からは街の治安の悪さを表しているようにしか見えない」

耳が痛いわね、と苦笑いした与儀は、壁際の線引屋を指差し、言った。

「リバースグラフィティは、壁の汚れを落とすことで、そこに絵を浮かび上がらせる手法って言ったわね。言い換えればそれは、清掃活動と言い張ることが出来るのよ。海外では企業が宣伝に活用するくらいポピュラーなんだけど、日本ではまるきり違法性が皆無という訳ではないらしいから、あまり知られていないんだけどね」

街をスプレーインクで汚すグラフィティとは、正反対に位置する概念《がいねん》。それゆえに逆《リバース》グラフィティと呼ばれているのか。

私は再び線引屋と、壁の絵を眺める。

壁面の薄汚れた部分と、汚れの落とされた部分。その二色でのみ表現されるリバースグラフィティは、カラフルな色彩で描かれるグラフィティに比べて迫力に欠けそうなものだ。しかし、その場に集まった観衆の中で、線引屋の絵をそう評価する者は恐らくいないだろう。

徐々に完成へと近づく壁画。いまにも空を舞いそうにドラゴンが大きな翼を広げ、それに対峙するように、剣を持った人物がその刃の先を龍に向けている。

精密な対比、波打つような鱗《うろこ》の緻密《ちみつ》さ、一目でストーリーが頭に浮かぶ構図の選別、すべてにおいて線引屋は凄まじかった。

与儀も私と同じことを考えていたのか、素直に「すごい」と、感嘆の言葉をもらす。

「ねえ与儀、あなたはリバースグラフィティってやったことあるの？」

私はふと気になったことを聞いてみた。

私の問いに、彼女は首を横に振る。

「知識としては知っていたけど、わざわざやろうとは思わなかったわ。あたしはプロだし、観客を前にしてグラフィティを描くことが出来るんだから、わざわざ、あんな怖いことしようとは思わない」

「怖い？　リバースグラフィティが？」

「そうよ。グラフィティで使われるスプレーインクが、どうして大量に色を用意しているかわかる？　その色鮮やかさで人々の目を奪うためよ。色に頼れないなんて、ライターにとっては恐ろしいことだわ」

グラフィティにおいて、色に頼れないということがどれだけ大変なことなのか、与儀の口調が物語っていた。

「それだけじゃない。グラフィティは色を重ねるからミスライティングをある程度修正したり、誤魔化したりすることが出来る。だけど、リバースグラフィティはそうじゃない。まさに一発勝負。まさか、ミスした所に汚れを付着させて誤魔化す訳にもいかない。汚れを落としてしまったら、もう修正が利かないのよ。だから、リバースグラフィティをやるライターは、ミスが絶対に起きない型紙を使うの。フリーハンドなんてとんでもない。ましてや、これだけの観衆を前に、ミスの許されない一発勝負をやるなんて常軌《じょうき》を逸してるとしか言えないわ。そんな真似《まね》が出来るライターがどれほどいるか……少なくとも、あたしにはそれだけの集中力はないわ」

私は与儀の言葉を聞いて、あらためてこの状況が異常なのだということを理解した。

いわゆる不良と呼ばれるような集団も、買い物に来た一般客も、誰もが一緒になって固唾《かたず》を呑《の》んで絵の完成を見守っている。私も含めて、線引屋の正体を知りたい人間は大勢いるだろう。それこそ不良たちなら、後ろから近づいてガスマスクを奪って素顔を晒すくらいのことはしそうなものだが、誰も動かない。

いや、動けずいた、というのが正しいだろう。

私も彼らと同じだからよくわかる。線引屋の正体は知りたい。だけど、それ以上にいまは、ただ絵の完成を見届けたい。そう思わせるだけの魅力が、線引屋の描く絵にはあった。

『そのカリスマを生み出したのは、誰でもない私なのだ』

なんて、とんだ思い上がりをしていた。

私にはもちろん、ストリートジャーナルにだって、これだけ観衆を熱狂させる力はない。

線引屋というライターを有名にしたのは、紛れもなくストリートジャーナルだが、気付けばすでに立場は完全に逆転している。

私を含め、ここにいる誰もが、線引屋の存在にひどく魅了《みりょう》されていた。

22

はぁ、はぁ、はぁ……もう少しで、完成だ。

ぼくはガスマスクの息苦しさも忘れて、作業に没頭《ぼっとう》していた。

高圧洗浄機を使った絵は、思っていた以上に難しくて、かなりの集中力を必要としたが、
大量のスプレーインクが用意出来ないこの状況に合致していた。

思いきり目立って、アカサビさんを狙う不良たちの興味をこちらに向けること。それが

今回のグラフィティの目的だった。

先ほどから視界の隅に入る人数の多さに、圧倒されそうになる。

一〇〇人…… いや、それ以上いるだろうか。

その人波は、駅の方にまで続いていて、すべてを視認することが出来ないくらいだった。

アカサビさんを襲撃する不良の数が少しでも減ればいいと思い行動を起こしたが、これは予想を遥《はる》かに凌《しの》ぐ結果になった。

ぼくはぼくにやれることを、取りあえず果たすことが出来たみたいだ。

――今朝早く、スプレーインクをなんとか調達出来ないものかと考えてみた。しかし、早朝で、しかも大量に手に入れることは困難であるという結論に至り、その苛立ちから柄にもなく物に当たったぼく。壁を拳で叩いたとき、拳は薄汚れ、叩いた壁にはわずかに手の跡が残っていた。同時に、昨日の雨の中、石神さんがバスの曇《くも》った窓ガラスに落書きしている姿が頭に浮かんだ。

そうか。インクがないのなら、インクを使わないでグラフィティを完成させればいいんだ。

そして筆として選んだのが、父さんが洗車用に購入した家庭用の高圧洗浄機だった。強力な水圧をかければ、汚れた壁を綺麗にすることが出来、それで絵を描くことが出来る。

大量に水を必要とするが、それは水源さえ用意してしまえば問題ない。大量のスプレーインクを揃えることを考えればずっと容易だった。バッテリーの方もかなりの大容量らしく、三、四〇分くらいなら心配なさそうだし、予備のものもあったので持っていくことにした。

絵のモチーフは最初から決まっていた。

線引屋の原点は、アニメを見て、それを真似《まね》して壁に落書きしたことだ。

ぼくは、いままでずっと逃げていた。クラスメイトからバカにされる度、街中で柄の悪い連中にビクビクしながらすれ違う度、何度も、何度も、自分が惨《みじ》めに思えた。そんな現実から目を背けるために、アニメに没頭《ぼっとう》したんだ。自分の人生なのに、自分が主人公になれないこの世界に辟易して、いっそ別の世界に転移でも出来たらどれだけいいだろうって、バカみたいな夢を見て……。

そう考えているうちに作業は終わりへと向かっていた。最後に、先を絞っていたノズルをひねり、水の出口を広くする。それまで細く絞って出ていた水が、放射口から噴き出すみたいに広がって出てくる。それでドラゴンの口元から吐き出された火炎を描くことで、この絵は完成だ。

スプレーインクを使えないいまのぼくには、これ以上の作品を描くのは出来ない。やれるだけのことはやったんだ。

そして水を止め振り返り、トンネルに集まった人たちの方を見ると、堰《せき》を切ったように凄まじい歓声が響き渡った。そのあまりの迫力に、ぼくは身じろぎ一つ出来なくなる。

騒ぎが最高潮に達した丁度その瞬間、制服を着た警察官数名がぼくの側に集まってきた。

一人が怪訝《けげん》そうな表情のまま、ぼくに言った。

「この騒ぎの原因は君か。それにこの壁の落書き。問題行動だって自覚は持っているんだろうね？」

ぼくは答えられずに黙り込む。

こうなることは覚悟していたつもりだったが、いざ警察官を前にすると、萎縮《いしゅく》してしまってなにも出来なくなる。

「黙っていちゃわからないよ。とにかく、話を聞きたいから、ちょっと交番まで付き合ってもらうよ？」

そう言ってぼくを取り囲んでいく警察官。

アカサビさんを助けるために取った行動に後悔はない。自分で選んだことなんだから仕方ないと諦めかけていると、すぐ近くから聞き慣れた声がした。

「ちょっと待てよ！」

声の方を見ると、集まっていた人波の中から、御堂が姿を現した。

虚《きょ》をつかれたぼくと目が合うと、御堂は小さく頷いてから、警察官たちの方を向いて言った。

「そいつは清掃《せいそう》活動してただけだぜ。そんな人間を逮捕するのかよ、警察は？」

「これのどこが清掃活動だ！　立派な落書きだろう」

「よく見ろよ。壁の汚れを落としているだろう？　立派な清掃活動だぜ。ガキの頃、掃除中に窓ガラスとかに落書きしながら遊んだことくらい、あんたたちもあるはずだぜ？　掃除の過程で絵が出来あがっただけで、まだ清掃が終わった訳じゃねえ。それとも、この国には清掃活動を禁じる法律でもあるっていうのか？」

グッと喉を鳴らす警察官たちに対して、怯《ひる》んだ様子をまったく見せず堂々とした態度の御堂。さすがは不良というべきか、警察官相手に一歩も引いていない。

「し、しかしこれだけの騒ぎを起こしているのは十分に問題だ。通行の邪魔だという声も出ているし、それになにより、公園の水を無許可に大量に使用しているじゃないか。それだけ威勢の良いことを言っているんだ、もちろん自治体に許可は得てやっているんだろうな？」

警察官の言っていることは正しい。

壁の汚れを落として絵を描く行為事態が、スプレーインクを使ったグラフィティに比べて、それほど大きな問題になるとは思えない。だがやはり、これだけの騒ぎを起こしてなにもなかったことには出来ないだろう。

ぼくは素直に警察官に従おうと、一歩前に出た。

だが、御堂はぼくの行く手を阻《はば》むように腕を伸ばし、言った。

「許可なんか必要ねえよ。こいつは一人で清掃活動したんだ。水を使ったって言ったって、街の清掃だぜ？　警察はそんなヤツを取り締まるのかよ。それに、個人で街を綺麗にするボランティア活動に、どうして許可が必要なんだよ？　これは別にイベントでもなんでもないし、こいつは告知だってしてない。いいか？　なんの呼び掛けもしないで、勝手にこれだけ集まったんだ。だったら、こいつを取り締まるより、この騒ぎを解散させる方がずっと賢いやり方なんじゃねえのかよ。ええ？　お巡りさんよぉ」

反論の言葉が見つからないのか、警察官たちは口ごもった。だが、これだけ大きな騒ぎが起きて、なにもお咎《とが》めなしという訳にもいかないのか、引き下がろうとしない。

そんな様子を見かねたのか、御堂が再び口を開いた。

「清掃はもう終わらせる。それでも、どうしても必要なら俺が警察に出頭する。責任者は俺なんだ、それでいいだろう？」

そんなバカなっ！

ぼくは慌てて御堂の言葉を撤回させようとする。

だが、彼は首を横に振って、優しく笑った。

「これでいいんだ」

そんな訳ない。今回の行動は、完全にぼくの独断だ。御堂がアカサビさんを助ける理由なんてない。関係ないのに、どうしてその責任を御堂が取らないといけないんだ。

ふんと鼻を鳴らした御堂は、ぼくの言いたいことがわかるのか、満足そうに笑う。

「俺は決めたんだよ。お前が線引屋として行動するなら、その活動を支援するって。俺には絵を描く才能はないし、喧嘩だって強くない。だったらお前が動きやすいように、せめて邪魔なものを排除する。それが、期待に応えてくれたお前に、ヘタレな俺が出来るせめてもの恩返しなんだ」

そう言って背中を向けると、警察官に付いて歩き去って行く御堂。警察官は、不良の絡む事件にはなるべく関わりたくないのか、代表として御堂を連れていくことでこの場を収めようとしているのだろう。

その御堂の後ろ姿を見て思った。

なに言ってるんだよ。あんたのどこがヘタレなんだ。

ぼくは御堂の背中を見つめながら、守られたことを噛み締めつつ顔を上げる。

警察官数名がその場に残り、集まっている人々に解散するように促したことで、徐々に人波が動き始める。

まるで祭りの後のような寂しさを抱きながら、その流れを見守る。

騒ぎは徐々に沈静化していく。

そんな中、誰かがこう叫んだ。


——ピースっ！


誰がそう言ったのか判断出来ない。それだけ大勢の人が、この場所には集まっていた。ただ、一人がそう叫んだことで、追随《ついずい》するように狂乱の声が湧き上がる。

ピース、ピース、ピース、ピース……

その声はどんどん膨れ上がっていき、気付くと大合唱のように大勢の声が一つになっていた。やがてその声は、一つの言葉となってぼくに向けられた。

――マスターピースっ！

ああ、良かった。

壁に魔法陣を描いても異世界には行けなかったけれど、ぼくの世界は少なくともこんなに変化した。大勢の人と知り合い、関わり合って、守りたいもの、助けたい人、大切にしたい人が出来た。このどこまでも現実《リアル》で魅力的な世界《ファンタジー》でぼくは、多くの人と関わって成長していきたいと、そう思ったんだ。

23

一〇〇人以上が相手、か。

オレはふと掌に視線を落とし、かすかに震えているのを見て、自分が怯《おび》えていることに初めて気付いた。

こんな感覚はいつ以来だろう。

線引屋——間久辺とかいうガキには強がりを言ったが、オレはおそらく無事ではすまないはずだ。生きて帰れたら御《おん》の字《じ》だ。

だが、それでも構わなかった。今回、街に不良たちが入り込んだ原因はオレにあるらしい。だったら、考える余地なんてねえ。この赤い髪に誓ったんだ。オレを助けてくれたオマワリみたいな正義の味方になるって。

それなのに、ホント、オレはいったいなにをやってきたんだろう。

オレはずっと、悪いヤツを殴り飛ばすことで、困っている人を助けられると思い込んできた。そもそも、オレには喧嘩ぐらいしか能がない。ガキの頃から、暴力で問題を解決する術《すべ》しか知らなかったんだ。

最初は誰も信じなかった。オレのことを知る人間は、オレをトラブルメーカーとしか考えておらず、助ける力になりたいと言っても誰も信じてはくれなかった。

それでも、誰かのためになれるならと、自分のこの手を血で染めてきた。

そして、付いた通り名がアカサビ。オレは血で錆びついた凶器そのもの。どれだけ人のためになろうと思い行動しても、結果的に関係のない多くの人たちを危険にさらすことになる。

だからせめて、オレはこの身に代えても不良連中を食い止めなければならない。喧嘩目的でやってきた不良たちを満足させるためには、もはや誰かが犠牲《ぎせい》にならないといけないんだ。それこそがオレに出来る、せめてもの償《つぐな》いなのだから。震える手を握りしめ、自らにそう言い聞かせた。

オレは、どこで間違えてしまったのだろう。

喧嘩屋として多くの不良たちの恨みを買っていたオレだが、交番で働くオマワリと関わるようになり、真面目に高校に通うようになった。勉強は好きになれなかったが、毎日決まった時間に起きて、決まった行動を取るという学校生活は嫌いではなかった。

だが、世話になったオマワリを死に至らしめた不良たちを病院送りにしたことで、結局、真面目に通うようになった高校を、卒業を目前にして退学することになった。

いまでも自分がやったことに後悔はしていない。だけど、きっといまのオレを見たら、オマワリは怒るだろうな。

悪い。あんたが色々アドバイスしてくれたのに、結局、高校もまともに卒業出来なかった。

そういえば、不良連中が乗り込んで来るってことは、前にも一度あったな。

あれは確か、オレが高校を退学になったばかりの頃だ。

退学になる前の真面目に学校に通っていた時期の姿を、他所《よそ》の不良たちに目撃されていたらしい。高校を退学になり、学校とは関係がなくなっていたのだが、本来ならオレも参加するはずだった卒業式にその不良たちが乗り込んで来るという噂を耳にした。

当時からオレは、多くの不良の怒りを買っていたから、当然かもな。

その事実を知ったオレは、同級生の記念すべき卒業の日を、自分のせいで滅茶苦茶にさせる訳にはいかないと思った。だから当日、卒業式が行われている体育館の前で、一〇人ほど集まった不良たちを阻止することにした。

卒業式が行われている体育館の前で、過去に喧嘩した因縁のある不良たちと対峙したオレ。

退学になってから聞く、同級生が歌う校歌をバックに、オレは壁となって立ちはだかった。

だが、決して手は出さない。その場所は、学生にとって晴れの舞台だ。オレは参加することが出来なかったが、せめて卒業式の日くらいは拳を使うのをやめようと思った。

それくらいしか、迷惑をかけてきたクラスメイトたちに対して、ケジメをつける方法が思いつかなかったからだ。

いくら殴られようと決して引かないオレに、不良連中の一人が、堪《こら》えきれなくなったように口にした。

「なんで、やり返さねえんだよ！」

そんなの決まってる。オレはもう、前みたいに喧嘩に明け暮れることはしない。もしも拳を振るうとしたら、それは誰かのためだけだ。それがオマワリと交わした約束だったから。

不良は、オレの覚悟を態度から察したのか、激しく地面を踏みしめ、憤《いきどお》りを声に滲《にじ》ませた。

「なんで……なんでだよ！」

そして、その不良は、理不尽を空に向けて吐き出すように、こう叫んだ。

「どうして、お前が退学なんだよ！」

彼の言葉に、唖然《あぜん》とするオレ。

その不良は言った。喧嘩屋としてのオレが憎くて、街で出くわす度に何度も喧嘩になって、ずっとムカつくヤツだと思っていたと。だが、同時に、同じ匂いのするヤツだとも思っていた。そんな男が、もう喧嘩はやらないで、真面目に学校に通うようになったと知り、最初は腹が立ったという。

それでも、喧嘩屋と呼ばれたオレが暴力を封印して真面目に学校へ通う姿を目撃してから、考えが変わったようだ。

確かにアカサビはムカつく。だけど、暴力しか取り柄のないような男が、それを捨てて真っ当に生きようとしている。それを壊すのは間違っていると思うようになったと、不良は語った。

自分たちと同じドロップアウトした人間が、もう一度まともな世界に戻ろうとする様子は、見ていて悪い気はしなかったという。

だが、いざ卒業を目前にして、オレは高校を退学になった。それを知った不良たちは学校側に対して怒りを覚えた。

だから、卒業式を潰すことにしたのだ。

オレが〝参加している〟卒業式ではなく、〝参加していない〟卒業式に、抗議の意味を込めて殴り込みに来た。

「なあ、アカサビ。テメエも納得いかねえだろう？　大人は俺らを、端《はな》から偏見だらけの目で見てきやがる。アイツらがそういう態度で俺らに接するなら、こっちにだってやり方がある。だから、一緒にぶっ壊してやろうぜ！」

不良たちの言い分がわからない訳ではない。

オレだって、不良という理由で嫌な顔をする教師を何人も見てきた。

だけど、それは身から出た錆《さび》だ。彼らの言い分を通す訳にはいかない。オレのために動いてくれたとはいえ、卒業式をぶち壊しにされる訳にはいかなかった。

最初こそオレのために動いていた不良たちも、熱くなってしまい当人であるオレがやめてくれと言っても止まりそうになかった。このままでは卒業式が滅茶苦茶にされてしまう。

やはり、暴力には暴力で対抗するしかないのか。そう思い始めた矢先、卒業生代表による答辞《とうじ》の声が体育館から聞こえてきた。

答辞を読むのは、オレと同じクラスだった生徒会長だ。いつも通り、まっすぐと伸びるような声がマイクに乗って体育館の外まで聞こえる。答辞の定型文のような文言《もんごん》を淀《よど》みなく口にする生徒会長。だが、三〇秒ほど話したところで、急に口ごもったかと思うと、それまでの文章を読まされている感じの口調から一転、絞り出すかのような声音《こわね》になった。

「――本当は、今日のこの日を、一緒に迎えたかった生徒がいます」

生徒会長の言葉にざわつく体育館。それでも、彼は言葉を続ける。

「元々、彼のことはあまり好ましく思ってはいなかった。喧嘩っ早くて素行が悪いのも知っていた。それでも、最後の半年は、彼なりに真面目に取り組んでいたのを教室で見ていたし、出来れば一緒にこの日を迎えたかった。退学という決断を下した先生方への不満ではありません。それだけのことを、いままで彼はやってきたのだと思います。それでも自分は、三年生、一四二名全員がこの場所に集まることを願っていました。だから、それだけが心残りです」

生徒会長の言葉に、思わず立ち尽くすオレ。同じクラスだった生徒会長とは、度々ぶつかった。喧嘩屋として暴れていた頃はもちろん、まともに学校に通うようになってからも、目の仇《かたき》にされ、口うるさく文句を言われてきた。

だから、嫌われていると思っていたんだ。オレなんて、退学になって当然だと思われていると、そう考えていた。

オレは、堪《こら》えきれずに空を見上げた。

思い返してみると、オレを恐れてなにも言ってこないクラスメイトの中で、生徒会長だけが恐れずに文句を言ってきていた。

アイツとは、ずっとぶつかってばかりだったのに、最後の最後でオレを認めてくれた。努力を見てくれていた仲間がいたのだと知り、心が揺れた。

答辞の続きを読み終え、拍手が鳴りやまない中、最後に生徒会長は閉めの言葉を口にする。名残惜しそうな、そんな言葉。

「卒業生代表——飯沼輝夫」


　生徒会長が自分の名前を名乗り、答辞が終わると、再び体育館に割れんばかりの拍手が巻き起こる。それを聞いて、オレの頬を一筋の涙が伝った。

　なあ、オマワリ。聞いたかよ。どこにもオレの居場所なんてないと思っていたのに、気付いたらあの狭い教室が、ちゃんとオレの居場所になっていたんだな。全部、あんたのおかげだ。

　卒業こそ出来なかったけど、あの場所で過ごした時間は、オレにとってかけがえのないものだった。

　だけど、もうあんたに礼を言うことも出来ないんだな。

　そう思うと、自然と涙が込み上げてきた。

　オレの様子を見ていた不良たちは、すべてを悟ったように、ゆっくりとその場を後にした。

　喧嘩屋としての自分を捨てたオレの居場所は、一瞬だったかもしれないが、確かにこの学校にあった。それがわかったからか、不良たちがそれ以上卒業式を狙うことはしなかった。

一人残されたオレは、卒業式が終わるその瞬間まで体育館の前で立ち尽くしていた。彼らと共に卒業することは出来なかったけれど、彼らの門出を近くで祝ってやりたい。そう思った。

そして、その日から今日に至るまで、街を守ることがオレの生きる目的になった。オマワリの代わりにオレが正義の味方として戦う。そうすることで、こんなオレを受け入れてくれた人たちを助けることに繋がるんじゃないかって、そう思った。

それだけがオレに許された懺悔《ざんげ》の方法なのだと信じ、盲目的に拳を振るってきた。そしてその結果、いま、この街に大きな争いの火種が集まろうとしている。

なあ、教えてくれよ。オレはどこで間違えたんだ？

オレみたいな喧嘩バカが、まともになれるって夢を見たのがいけなかったのか？

どこまで行ってもオレは喧嘩屋でしかなくて、あんたみたいに、誰かを救うことの出来る正義の味方にはなれないのかな？

なあ、オマワリ、教えてくれよ。

24

アイツは、いまも一人で戦っているのだろうか。

俺は結局、なにも出来ないあの日のままだ。

アカサビと呼ばれる喧嘩屋が、まだ高校生だった頃。俺も同じく高校生だった。アイツと同じ学校で同じクラスだったこともある。だから、戸波という記者に追及された、アカサビの年齢を知っていたのは当然だった。

アイツはお世辞にも良い学生だったとは言えないだろう。彼の非行は別のクラスだった頃から耳にしていて、いざ同じクラスになってみると、まともに学校へは来ないし、他校の生徒とはすぐにトラブルを起こすし、正直、嫌いな部類のクラスメイトだった。二年もそろそろ終わりを迎えようとした頃、前任の生徒会役員が引退の時期を迎え、新たな生徒会役員を決めることとなった。俺は委員会などでも仕切る側の人間だったし、他に熱心な生徒もいなかったため、投票もないまま生徒会長になった。

最初はやる気もそれほどない生徒会の仕事だったが、やはり立場が生じると行動せずにはいられなくなるものだ。俺はせめて、同じクラスから問題児を無くそうと考えた。そこで引っかかったのがアカサビ。当時はいまのように真っ赤な髪ではなかったが、それでも非行が目立つ問題児だった。二年から三年の頭にかけては本当に荒れていて、俺がなにを言おうと聞く耳など持たなかった。

だが、ある時期を境に、アカサビは真面目に学校に通うようになった。俺は目を疑ったよ。それまで遅刻、欠席が当たり前だったアカサビが、真面目に学校に来て授業を受けている。一部の生徒や職員は、いまさら点数稼ぎなんて図々しいと言っていたし、俺自身そう思っていたところがあった。だが、毎日その姿を見ている内に、俺は自分の考えの浅はかさに気が付いた。

そもそも、それまでの生活を一変させて真面目に生活するようになるのは相当難しいことのはずだ。どんなことだって、日頃楽をすればそれに慣れてしまう。それでもアイツは、自分を変える努力をしている。その努力を、どうして誰も認めようとしないのか、俺自身、どうして認めてやれないのか、わからなくなった。

その日から俺は、これまで通りに厳しい目をアイツに向けながら、認めるところは認めてやろうと思った。口喧嘩なら上等。アイツはもう、暴力に支配されることはない。そう信じていた。

卒業を控えた三学期の初め頃、俺のところに担任から話が来た。

アイツが再び傷害事件を起こし、大きな問題になってしまったのだ。それまでもずっと非行を繰り返していたアカサビは、次に暴力事件を起こしたら即刻退学という条件が提示されていたらしい。それが、卒業を目前にして破られてしまったのである。

事情は聞いたかぎり、アカサビに同情する。

俺だって同じ立場だったら、自分の大切な人を殺した犯人を許さないだろう。それでもアイツは退学が決定してしまった。そんな理不尽なことがあっていいのか、俺は納得がいかなかった。

そういうときこそ、俺の出番だと思った。

生徒会長なんて大層な役割は、こういう理不尽なときに力を行使するためにあるんだと、そう思った。

まずは同じクラス、他クラスも含めてアカサビの退学を取り消す嘆願書《たんがんしょ》を集めた。クラスメイトは三年に上がったアイツの姿を見ていたから、嘆願書《たんがんしょ》もすぐに書いてくれた。だが、他のクラスや他学年に関しては、まだアカサビの悪い噂だけが流れていて、あまり名前を借りることは出来なかった。

それでも結構な数になったのだが、教師たちの考えは変わらなかった。

俺は自惚《うぬぼ》れていたのだ。

きっと自分が動けば、助け出すことが出来る。アイツを再びこの教室に戻すことが出来る、と。

だが、結果はどうだ。俺にはどうすることも出来なかった。そうして、クラスメイトの一人欠けた、卒業式が行われたのだった。

俺の無力さが生んだ、穴の開いた卒業式。そのときの悔しさはいまだに忘れられない。だから、あのときも普通に答辞を読む予定が、感情的になってしまった。

そして同時に、感情に身を任せたところで誰も救うことが出来ないのだということがわかってしまった。

だから、俺はもうなにも期待しないと決めた。それが傷つかずに済む最良の方法だと信じて、大学生活もなんの起伏もなく日々を過ごした。

だけど、本当はそれではいけないことくらいわかっているんだ。大学で出会った菱田を見ていると、つくづくそう思う。誰かのために一生懸命になれるということが、どれだけ尊いことなのかを、彼が教えてくれる。

だから今度こそ、俺はアイツを救いたいと思った。高校時代は守ってやれなかったけれど、今度は力になってやりたい。そう思っていたのに、結局、俺はなにが出来たのだろう。

アイツの助けになれたのだろうか。それはわからないままだった。

25

駅東口側を出て廃工場の方へと向かうと、街並みは寂《さび》れ、空き地や利用されなくなった店などの廃墟が治安の悪さを助長している。その使われなくなった施設の多くは不良たちの溜まり場として機能していた。

このどこかに、きっとオレを狙う不良たちが集結しているのだろう。

一〇〇人以上が集まるとなると、施設も限られてくるはずだ。

オレはでかい建物を一つ一つ、しらみ潰しに見ていった。

やがて、その辺りで一番でかい建物、結婚式場かなにかの廃墟にたどり着いた。

入り口にはいくつかバイクが停まっていて、中に誰かがいることは間違いない。オレは正面玄関から建物に足を踏み入れると、受付などがあったと思《おぼ》しき広い廊下をまっすぐに進み、やがてたどり着いた大きな扉の前で立ち止まった。

聞き耳を立て、中の様子をうかがってみると、確かに人の声がする。廃墟に反響する声の大きさから、中にいる連中がかなり焦っているのがわかった。

「――なんでだっ、なんでこれしか集まらねえんだ！」

「そんなこと言われたって俺たちもわかんないっすよ。そもそも葉羽君が言ったんじゃないっすか、千葉連の名前出せば不良たちを招集出来る。そうしたらアカサビの野郎をぶっ殺すのなんて訳ないって」

「ああ？　なんだテメエ、俺が嘘言ったってのか！」

「そうじゃないけど、じゃあどうして俺たちウイングエンジェルスの人間しか集まらないんすか？」

「知るかよチクショウ！」

中の連中は、昨日俺が潰したはずのウイングエンジェルスらしい。

話を聞くかぎり、ここにはヤツらだけで他の不良たちは来ていないようだ。なにか内輪《うちわ》揉《も》めでもあったのだろうか。

好都合だ。まずは、こいつらを締め上げてから、残りの不良たちを待ち受けることにしよう。そう思い、扉に手をかけたとき、中から慌てた様子で別のヤツの声が聞こえてきた。

「こ、これ見てくださいよ、葉羽さん」

「なんだよ、こんなときに呑気にケータイなんか弄《いじ》ってんじゃねえよ」

中が一瞬沈黙する。

だがすぐその後に、葉羽の声で「なんだよこれは！」と怒号が聞こえてきた。

「線引屋が駅前でグラフィティだと？　……まさか、あいつらっ！」

「ええ、今日の集会に参加の意思を示していた連中で、連絡の取れるヤツに確認取ったら、線引屋のグラフィティの方が気になるからって、ここには来るつもりなくなったみたいです。これ、一人や二人じゃないですよ。恐らく、連絡の取れないヤツ全員……しかも今回のアカサビ潰し、千葉連は関与していなくて、俺たちウイングエンジェルスの独断だってこともバレてるっぽいですよ」

「なんでだよ！　千葉連の幹部連中は、今回の一件見てみぬ振りをしてくれるって言ってたはずだ。だから俺たちの独断だってバレない内にさっさと招集かけて、行動起こしたんじゃねえかよ！」

「それが、幹部の鍛島さん率いるチームマサムネの人間が、どうもアカサビ潰しに鍛島さんをはじめ幹部は関わってないし、号令も出していないって触れ回ってるらしいんですよ。千葉連の後《うし》ろ楯《だて》がないとわかったら、参加表明していた連中、掌を返してやる気なくしたみたいです。そんなときに、線引屋のグラフィティですからね。こっちに来る訳ないですよ。ぶっちゃけ、俺も線引屋、気になりますもん」

「クソがっ！　アカサビに線引屋……どいつもこいつも俺の邪魔ばかりしやがって」

「この人数じゃアカサビを殺るのは絶望的です。どうしますか？」

「グッ……このまま引き下がれるかよっ。舐《な》められっぱなしで終われるか。こうなったら、狙いを変えるぞ。邪魔してくれた礼だ。線引屋の野郎を血祭りにあげる。絵描き風情《ライターふぜい》が俺たちウイングエンジェルスを怒らせたらどうなるか、思い知らせてやる！」

その言葉を聞いた俺は、ドアノブにかけた手に力を込め、勢い良く扉を開いた。

葉羽の言葉に突き動かされたのか、中では不良たちが行動を起こそうとしていたが、いきなり開かれた扉から現れた俺を見るなり、ヤツらは顔面を蒼白《そうはく》にして固まった。

俺は扉を閉じ、逃げ道を封鎖《ふうさ》する。荒れ果てたセレモニーホールには、一〇人ちょっとの不良が集まっているだけだった。本来だったら一〇〇人以上に囲まれることを覚悟していたオレは、昨夜遅くの出来事を思い出していた。


――今度はぼくが助ける番なんだっ！

そう言ってオレの前に立ちはだかった、あの非力そうな少年の姿が頭を過《よぎ》る。アイツ、まさか本当にオレを助けようとするなんてな。無茶しやがって。

「ア、アカサビ⁉　なんでテメエがここに！」

ウイングエンジェルスの葉羽は、オレの姿を見てひどく驚いていた。

コイツらは、標的をオレから線引屋に切り替えるつもりだ。

そんなこと、許せるものか。拳を構え、オレは言った。

「行かせねえ。テメエらはここで叩き潰す！」

26

オレは駅の方へと戻って来ていた。

ウイングエンジェルスのメンバーを一人、また一人と倒していき、最後に残った葉羽を壁際まで追い詰めると、ヤツは完全に戦意を失った様子で怯《おび》えきっていた。

ヤツらはちょっとばかり調子にのり過ぎた。オレを狙うのは別にいい。だが、統率も取れない不良を一〇〇人以上も街に呼び寄せた上に、上手くいかなくなると標的をオレから線引屋に変更するなんて、捨て置いていい問題じゃない。

だから、脅しの意味も込めて少し本気で殴り飛ばした結果、さっきまでの威勢はどこにいったのか、葉羽は壁際でガタガタ震えているだけになった。そんなヤツに向けて、オレは言う。

「いいか、その足りねえ頭に刻んどけ。オレと、オレのダチに二度と関わるな。次はねえぞ」

「……ダチ？」

「わかったのかっ！」

そう言って、尻餅《しりもち》をつく葉羽の顔、そのすぐ横の壁に蹴りを繰り出す。

ドンと響く音にビクッと体を強《こわ》ばらせた葉羽は、無言で何度も頷いた。

「今度この街で姿を見かけたら、このくらいじゃ済まねえぞ。次はねえから、覚悟しておけ」

脅しは充分にかけておいたし、そもそもヤツらはもうこの街にいられないだろう。話を聞くかぎり、ウイングエンジェルスは勝手に千葉連合の名前を使って不良たちに招集をかけたらしい。

そこまでしたのにオレを殺《や》れなかった時点で、千葉連合の中に居場所などなくなるはずだ。

廃墟を後にし、歩くこと約二〇分。やがて見えてきたのは、東口側と西口側を隔《へだ》てる高架線。人の波が押し寄せてくる方向に目をやると、その中にいくつか見覚えのある顔があった。

オレがかつて潰した不良たちだが、ヤツらはオレには見向きもせず、なにやら盛り上がっている。

辛うじて聞こえてきたのは、『マジでクールだわ線引屋！』という興奮した様子の言葉。

この先に、あいつ――間久辺がいるようだ。

オレはそのまま進んで行き、そして壁に広がる壁画を見て圧倒される。

その壁画の前で立ち尽くすドクロのガスマスクの男は、見るからに疲弊《ひへい》した様子だった。

こいつが壁に絵を描いたから、不良たちはウイングエンジェルスの計略に加担しなかったのだ。

オレを助けるために、間久辺はこれだけ疲弊しながら、しかも自分の正体がバレる危険を冒《おか》して行動を起こした。

オレは間久辺の隣に立つと、思わず、「すげぇな、この絵」とこぼしていた。

ガスマスク越しにオレを見た間久辺は、疲労からか安堵からか判断のつかない息を吐いた。

「アカサビさん、良かった。無事だったんですね」

「ああ。おかげさまでな」

「不良たちは？　どうなりました？」

「ウイングエンジェルスは片付けた。他の連中は、お前を見て満足したんだろうな。オレに気付きもしないで、興奮した様子で帰って行ったよ」

「そうですか」

心から安堵の息を吐いた様子の間久辺は、ガスマスク越しにオレのことをじっと見つめる。

「ねえアカサビさん。もう二度と、あんな寂しいこと言わないでくださいよ」

「ん、なんのことだ？」

はたと首を傾《かし》げたオレに、間久辺は続けてこう言った。

「友人なんていらない、なんて、寂しいこと言わないでください。少なくともぼくは、アカサビさんの力になりたいって、そう思いますよ。たとえアカサビさん自身がそれを望んでいなかったとしても、ぼくはあなたを友人だって思います。これ、やっぱり迷惑ですか？」

『オレに友人なんていらない。もう、オレのせいで誰かが傷つくのはうんざりなんだ。邪魔なんだよ、そういうのは！』

そう言って間久辺のことを遠ざけたのに、それでもこいつは、無条件でオレの力になりたいと言う。

オレの友人……ダチだから、か。

「はっ、お節介な野郎だな」

オレはそう悪態をつきながら、内心では懐かしい感覚に心を支配されていた。オレを救ってくれたオマワリもまた、お節介なヤツだった。

あの人のことを思い出し、思わず笑いがこぼれる。

「――だけど、お節介なヤツは嫌いじゃない」

そう言って、オレは左の拳を突き出した。

隣に並んで立つ間久辺は、なにごとか逡巡しながら、やがておずおずと右手を持ちあげる。そして、戸惑いながらも拳をぶつけてきた。

「ありがとうな、線引屋。この礼は必ずする。もしなにか困ったことがあれば遠慮《えんりょ》なくオレに言え。力になる」

間久辺は曖昧に頷くだけで、はっきり答えなかった。

自分はお節介に人のこと助けたくせして、自分が助けられることには遠慮しやがるとか、どんだけ矛盾してやがるんだ。屈折《くっせつ》してるぜ、まったくよ。

ため息をこぼし、オレは言った。

「不良に加担するつもりはねえ。だけどお前は別だ。ダチのためなら力になるって、お節介なバカに教えられたばかりだからな。だから、お前自身がそれを望まなくたって、オレはお前の力になるぜ」

間久辺の言葉を真似《まね》てそう言うと、ガスマスクの下から困ったような笑い声が聞こえてきた。

オレもそれにつられて、笑った。

こんな風に心の底から笑ったのはいつ以来だろう。本当に久しぶりな気がした。

◇◇◇

俺は、目の前の光景を一緒に見ている菱田に向かって呼びかけた。

「なあ」

「なんだよ輝夫」

「俺たち、少しは力になれたのかな?」

菱田は力強く頷いた。

「ああ、きっとアカサビさんの助けになれたさ」

「そうだな。そうだったらいいなぁ」

俺は、今度こそ助けることが出来たのだろうか。俺たちが動いたことで、どれだけアイツの力になれたかわからない。それでも、やれるだけのことはやった。そうだ。そもそも俺は、高校時代だって自分にやれることを全力でやったつもりだった。

それでも救えないものは救えないのだと大人に突き付けられ、俺はすべてを諦めるような性格になってしまったのかもしれない。

だけど今回は違う。俺たちの取った行動がどれだけ役に立ったかはわからないが、この絶望的な状況で、どうやらアカサビは救われたらしい。

俺は、これを機会に自分を変えようと思う。アイツはアイツなりに見つけたのだろう。自分の居場所というヤツを。

俺は隣に立つ菱田の肩に拳をぶつける。すると、菱田もゆっくりと拳を持ち上げ、俺の肩に当てた。

菱田は頭が悪いかもしれないが、根はまっすぐなヤツだ。全てにおいて冷めている俺のことを「つまらないヤツ」と敬遠《けいえん》する友人もいる中、こいつだけは側にいてくれた。

いまだからわかる。信頼出来る相手がいるってことが、どれだけ救いになるのかって。

なあ、アカサビ。結局俺がそうなることは出来なかったけれど、お前にも信頼出来る仲間が出来たんだな。よかった。

並び合う線引屋とアカサビ。その後ろ姿が、お互いの信頼を示しているように見えた。

27

翌朝、一限目の講義に遅れないよう、俺はいつも通り混雑する電車に揺られていた。普段だったら文庫本を片手に文字を目で追って時間を過ごすのだが、今日ばかりはそんな気になれない。夜通し動き回っていたことと、緊張状態にあったことで体が疲れを訴えていた。

大学に到着すると、講義が行われる講堂へと向かった。一限目の講義を好む学生はあまりいないため、二限目、三限目に比べるとキャンパス内は静かだ。

それでも、講堂に入ってしまうと周囲の雑音が邪魔で、仮眠を取ることもままならない。

講義が始まるまでの一五分間だけでも小休憩《きゅうけい》したかったのだが、結局それは叶わなかった。一時間三〇分の講義を受け終わり、教室を出て行く学生の喧騒が耳に届く。次も同じ講堂で講義を受けることになっている俺は、同じ席に座ったまま、一〇分間の休憩を満喫していた。

そこに、うるさいヤツが現れた。

昨日、俺と一緒になって夜の街を駆け回った菱田は、いつもと変わらずハイテンションで朝の挨拶をする。

「おっす輝夫、相変わらずしけた面してんな!」

「ああ、おはよう。そっちも、いつもと変わらず頭の悪そうな顔してるな」

「へっへー。今日はお前の毒のある言葉にも腹は立てないぜ」

「どうした、なにかいいことでもあったのか?」

「そんなの決まってるじゃねえか。俺らの努力の甲斐あって、アカサビのアニキが無事で済んだんだぜ?」

ああ、そういうことか。

「別に、俺たちが役に立ったかどうかなんてわからないじゃないか」

「いいんだよ、そういうのは。気分の問題なんだから」

そう言って、俺の隣に腰を下ろした菱田。

まあ、菱田ではないが、俺も気分は良かった。俺たちのやったことが役に立ったかどうかは別にして、アカサビが無事なことに変わりはない。それは俺にとっても喜ばしいことだ。

そんな風に昨日の出来事を想起していると、始業の鐘《かね》が鳴り響き、講師が入ってきた。

講義が始まると、いつも騒がしい菱田もさすがに大人しくなる。それにしても、普段は落ち着きがないのに、今日はやけに大人しいな。そう思い隣をさりげなく見ると、菱田のヤツ、コクコクと頭を揺らしていた。なんとか意識を保とうとはしているようだが、眠気が勝っているのか、ほとんど目は閉じていた。

普段だったら気が散るし叩き起こしているところだが、今日ばかりは大目に見よう。

そうして、一時間三〇分の講義が終わると、さすがに俺も眠気から大きな欠伸《あくび》が漏れた。

いつの間にか起きていた菱田は、すっかり元気になっていて、いつもの喧《やかま》しさを取り戻していた。

「輝夫、さっさと飯行こうぜ。早くしないと学食埋まっちまう」

「ああ、そうだな」

菱田に促され、俺は講義で使った教科書やノートをまとめて片づけようとする。

すると、俺たちの後ろの席にいた学生たちが声をかけてきた。

「あのさ、飯沼君。板書を写すのが間に合わなかったんだ。悪いんだけど、ノート見せてくれないかな？」

見覚えのある三人組の学生たちは、確か他の講義も被っているものが多かったから、おそらく同学年だろう。

そんな彼らが、同じ学年の俺に向かって、やけに下手に出てくるなと思った。たかがノートを借りるくらいで、そこまでへこへこすることないだろうに。

そう思いながら、俺は自分のノートを後ろの席の三人組に貸してやることにした。

「次にこのノートを使うときまでに返してくれればいいから」

そうして、ノートを貸した俺は、そのまま学食に向かう。隣を歩く菱田がやけにニヤニヤしているものだから、俺は気になり学食に到着すると真っ先に聞いた。

「なんだよ菱田、さっきから。その見届け人みたいな優しい笑みは」

「え。もしかして気付いてない？」

なんのことだろう。俺は首を傾げた。

「輝夫って、基本的に人を甘やかさないじゃん。だから、さっきみたいにノートを貸すとかって、いままでだったら絶対しなかったよな」

ああ、そういうことか。確かに、それは菱田の言う通りだ。これまで俺は、極力他人と関わらないようにして生きてきた。どうせ自分にはなにも出来ないし、力になることもできない。ガッカリされるくらいなら、いっそ関わらない方がいいと本気で考えていたんだ。

だけど、昨日のアカサビと線引屋の姿を見ていたら、そんな自分を変えたいと思うようになった。圧倒的に不利な状況でも、諦めず、自分の出来ることを成そうとする。その結果、絶望的な状況すらもひっくり返してしまった。

そんな光景を目の当たりにしてしまったら、もうくすぶっていることはできなかった。いつまでもいじけて、自分に出来ることすらしようとしないだなんて、そんなのは格好悪い。

だから俺は、変わりたいと思ったんだ。

かつて喧嘩屋として名を馳せたアカサビが、いまでは人助けをしているように、俺にだってきっと変わることはできるはずだ。

小さなことかもしれないが、ノートを見せて欲しいと頼ってきた後ろの席にいた学生たちの力になれたことを嬉しく思う。

アカサビが、俺の考え方を変えてくれたんだ。

「――まあ、良い変化だと思うぜ」

そう言って、菱田はスマホを取り出した。

そして、なにかを調べていたかと思うと、いきなり声を発する。

「信じらんねー。ストリートジャーナルがやらかしやがって」

菱田に手渡されたスマホの画面には、ストリートジャーナルのウェブ版が写っていた。

そして、最新の記事を読ませてもらったが、菱田が文句を言いたい気持ちも少しわかるような気がする。

記事の内容に関して、コメントが書けるようだ。

菱田は、さっそくスマホを手にし、短い文章を送ったようだった。

そして、俺にも言う。

「輝夫も書けよ、コメント」

28

とても長い一日が終わり、家に帰ったぼくは泥のように眠った。

石神さんと買い物した後に、夜遅くアカサビさんの危機を知り、グラフィティを描いて……あ、そういえば石神さんからの誘い、大丈夫だったかな？

週明け月曜日の騒がしい教室で、ぼくはうつらうつらしながら考えていた。

一昨日《おととい》、石神さんはぼくの家から帰るとき、翌日も出掛けないかと誘ってきた。その場では一度オーケーしたけど、アカサビさんの件があってそれどころじゃなくなったため、断りの連絡を入れたんだ。

結果として、今日、放課後になるまで彼女は一言もぼくに話しかけてこなかった。まさか、ぼくとの約束が無くなったことくらいでそこまで感情的になるとは思えないため、きっとドタキャンされたこと自体に怒っているのだろう。

「──そこのところ、二人はどう思う？」

放課後の美術室で、友人の廣瀬と中西に石神さんとのことを相談してみた。彼女がぼくの家に来て、妹となんだかよくわからないけれど仲良くなったことを話すと、中西はニヤニヤしながら言った。

「そ、それ、フ、フラグ立ってるんじゃやない？」

「なんの？」

とぼくが聞くと、横から廣瀬が即座に答えた。

「死亡フラグだろ？」

「やっぱり。なんとなくそんな気はしてたんだ」

ぼくは納得して頷いた。

だって相手はあの石神さんだよ？

フラグが立つとしたら死亡フラグ以外考えられない。彼女、ぼくの部屋に爆弾でも仕掛けてないだろうな。

なんて、さすがに冗談だが、それくらい彼女とぼくは接点がまるでなかった。立ち位置で言うと、正反対の存在なのだ。

「い、いやでも、マクベスの部屋に一人で上がったんでしょ？　き、興味もない男と休日出掛けて、し、しかも部屋にまで行くなんてしないと思うけどな」

中西のヤツ、相変わらずドモりながらバカなことを口にしているな。

ぼくと廣瀬は目を合わせると、可哀そうなものを見る目を中西に向けて、その肩をぽんと叩き、そして言った。

「『ギャルゲのやりすぎだ』」

「ふ、二人にだけは言われたくないんだけど！」

中西の言葉に、仲間内でドッと笑いが起きる。

やっぱりいいな。

この週末はかなり大変な思いをしたが、それもようやく片付いて再び日常が戻ってきた。廣瀬と中西と話していると、昨日の興奮がまるで夢のように思えてくる。ぼくにとってそれは、刺激的な世界から戻ってきたと実感出来る瞬間でもあった。

線引屋という裏の顔を隠していることには若干の罪悪感は抱くものの、もう一つの顔を知らない二人と過ごすことが、ぼくにとってはかけがえのない日常そのものなのだ。

まあ、照れ臭くて二人には絶対に言えないけれど。

それから、一時間ほど廣瀬と中西と話しただろうか。

ぼくらは、時間を忘れて、今後アニメ化されそうなラノベの予想なんかをしながら盛り上がった。

窓から差し込む陽光に赤みがかるのを見て、二人はそろそろ帰ることにしたのか、荷物をまとめ始める。

「マクベスはどうする?」

そう聞かれたため、ぼくはもう少し美術室に残ることを伝えて、二人には先に帰ってもらった。

二人が完全に帰ったのを確認すると、ぼくはスマホを取り出し、履歴の一番上の番号に連絡を入れる。

昨日のグラフィティの一件で、御堂はぼくを庇って警察に連行された。それがずっと気になっていたため、今朝から何度か電話を入れていた。今朝、一応連絡は取れたのだが、御堂も疲れているだろうと思ったぼくは、放課後になったらもう一度連絡すると言っておいたのだ。

数回の呼び出し音の後、電話が通じるなり、ぼくは声を張りあげた。

「御堂っ！　無事だったんだね」

『っ。うるせえな。声でけえよ』

「ごめん。でも、心配したんだよ」

『へっ。そりゃどうも。でも、俺を誰だと思ってやがる』

確かに、警察に怯《ひる》むことなく立ちはだかった御堂の姿はカッコ良かった。

だから称賛の言葉を贈る。

「警察に連行される姿は様《さま》になってたよ。さすがだ御堂！　よっ、極悪人《ごくあくにん》！」

『おう、バカにしてやがんなこの野郎』

「そんなことある訳ないだろう。御堂には感謝してるから、こうして労をねぎらっているんじゃないか」

スーっと息を吸い込み――

「お勧め、ご苦労様です！」

と受話器に向かって言う。

『完全にバカにしてるな、確定だ』

冗談はさておき、元気そうな声が聞けて安心した。

詳しい話を聞いてみると、あの後、交番に連れて行かれた御堂は厳重注意を受けるだけですぐに解放されたのだという。

まあ、ぼくがやった行為はそもそも犯罪とは言い難い。駅のすぐ側に大勢の人を集め、混乱を招いたという意味で警察は注意をしに来たが、壁の汚れを落とす行為自体を罰する訳にはいかないだろう。

それでもぼくは、身代わりになって警察に連れて行かれた御堂に本気で感謝していた。アカサビさんを救いたいというのはぼくの独断だったのに、結局、御堂にまで迷惑をかけることになってしまった。

そのことを謝ると、さっきまでの冗談は受け流したのに謝罪に関しては受け流せないようだった。

『勘違いするなよ、間久辺。俺は自分の意思でお前の手助けをしたんだ。謝られる筋合いはねえ』

それでもやっぱり気になってしまう。

ぼくのせいで誰かに迷惑がかかると思うと、助けを求めるなんて出来ない。それだけの価値が自分にあるとは思えないから、正直に言うと怖い。

以前に比べると、多少は自分に自信がついてきたとはいえ、「お前なんか助けなければ良かった」と言われる気がして、誰かに頼るのが恐ろしくなる。

それをそのまま御堂に伝えると、こいつ、鼻で笑いやがった。

『相変わらずキモオタ根性丸出しだな』

それは仕方がないことだ。

人は簡単には変われない。

自分に自信のあるオタクなんていないのだ。

周囲から当たり前のように排斥《はいせき》されてきた経験が、人を信じることに二の足を踏ませる。

黙り込んだぼくに呆れたのかと思ったが、『よく考えろ』と言った御堂の声は真剣そのものだった。

『だったらお前は、どうしてアカサビの野郎を助けたんだよ。あの融通《ゆうずう》の利かない喧嘩屋が、お前に助けを求めたのか？　違うだろう？　助けなんていらねえって突っぱねられたんじゃねえのかよ。それでも、体張ってあいつを救ってみせたのはお前だ。それとも自分の取った行動が間違ってたと、そう思っているのか？』

そんなことはない、とぼくは即座に否定した。たとえあのグラフィティが失敗して、ぼくの正体が白日の下《もと》に晒されたとしても後悔だけはしない。アカサビさんのことを助けたいと思ったのは、ぼく自身なのだから。

それを聞いた御堂は、電話の向こうで満足げに笑うと、言質《げんち》を取ったかのようにはっきりこう言った。

『俺も一緒だ。お前の力になれたこと、後悔なんてしてねえよ』

ぼくは言葉が出てこなかった。

感謝はいくら言葉にしても足りないけれど、それを必要以上に口にしたところで御堂はきっと喜ばないはずだ。同じ立場だったらぼくもそう思うだろうから、よくわかる。

だから、ありったけの感謝の気持ちを込めて、「ありがとう」と一言だけ伝えた。

話はそれで終わり。

「まだ帰らないのか？」

丁度そこで、教師が見回りに来て聞いてきたため、ぼくは荷物をまとめて美術室を後にした。そして、下駄箱《げたばこ》で下足に履き替えると校舎を出る。

眩《まぶ》しい夕日に目が眩《くら》み、目を細めたぼくは、想像していたよりも時間が経過しているのかと、時間を確認するためにスマホを取り出した。

そこで、ふと思い出す。

さっき電話を切る間際、最後に御堂が言った、「ストリートジャーナル見てみな」という言葉。あれは、どういう意味だったのだろう。

首を傾《かし》げながら、言われた通りブラウザを開いて、ストリートジャーナルのウェブサイトにアクセスしてみることにした。

すると、今日の日付で、最新記事が更新されていた。

29

「冴子、なんか元気ないね」

百合はそう言ってウチの机の前に立った。

気が付くと教室にはウチら二人しか残っていなかった。

「もう放課後だよ、そろそろ帰ろう。時間大丈夫だったら、どっか寄って帰ろうよ。冴子の好きなショッピングでもいいし。私、付き合うからさ」

明らかに気を遣ってくれているのがわかったけど、そんな百合の優しさに応えることが出来なかった。

いま、ウチの頭の中を支配しているのは、昨日見た光景だった。


『――あのオタク、マジありえないんだけどっ！』

ウチは電車の中で、間久辺に対する苛立ちを百合にぶつけた。

『さっきからそればかりじゃない、冴子』

『だって約束の一時間前にドタキャンとかする？　こっちにだって準備とかいろいろあるじゃん。急すぎだっつぅの！』

『楽しみにしてたのはわかるよ？　でもそんなに怒らなくたっていいじゃない』

『べ、別に楽しみになんかしてないし』

『素直じゃないんだから』

『ウチは素直ですー。素直だからあのオタクに頭きてるんですー』

『もう、冴子、子供みたい。頭にくるってことは、楽しみにしてた証拠でしょう？　ムキになったってしょうがないじゃない。それに、間久辺君にだって急用が入ることくらいあるよ』

『絶対違うっ。初めからウチと会う気なかったのよ、あいつ！』

『そんなことないってば、きっと』

ああ、マジムカつく!!

それなりに勇気を振り絞って間久辺の家に行った土曜。それで終わりにしてしまうのがなんだかもったいなくて、ウチは帰り道、間久辺をもう一度、その……デ、デートに誘った。

百合も言ってくれたように、仲良くなるためには頑張らないといけないって、そう思ったから、柄にもなくめちゃくちゃ頑張ったのよ。

なのに、急に電話が入って、用事が出来てしまって行けなくなったとか、マジありえないんですけど。

『つか、ウチよりも優先される用事とか普通なくない？』

『いや、普通にいっぱいあると思うよ』

『だってあのオタクだよ？　休日なんてどうせアニメ見るかゲームやって一日が終わるような生産性のない生活送ってるに決まってるし、それならウチと出かける方が絶対有意義だって』

『ねえ冴子、そういうこと絶対本人の前で言ったら駄目だよ』

『なんでよ？』

『そういうこと言うから、冴子は間久辺君に怖がられるんだよ』

『なにそれ、悪いのはあいつじゃん。どうしてこっちが気を遣わないと……うん？　いやちょっと待って。ウチ、怖がられてるの？』

『うん』

とまっすぐな瞳をこちらに向けて躊躇《ちゅうちょ》なく頷く百合。

は？　普通にショックなんですけど。

この娘《こ》、オブラートに包むということを知らないのかしら。

『そんな怖がられるようなことしてないし』

ムッとしたウチはそう言って、間久辺との数少ない教室でのやり取りを思い返してみた。

……あ、ヤッバイ、心当たりものすごいあるんですけど。

嫌な汗が滝のように流れてきて、ウチは自分に言い聞かせるみたいに反論する。

『で、でも、それにしたってドタキャンはなくない？　キモオタの分際でマジ生意気なんだけど！』

『それよ』

そう言って、百合はウチを指差した。

『冴子の言葉を借りるなら、そのキモオタなんかに熱をあげるなんて、冴子も充分にキモいと思うけど』

『はぁ？』

ウチは百合を睨み付けた。

『百合。あんた間久辺のことなにも知らないじゃん。それなのに、あいつのこと「なんか」とか言わないでくれない？　不愉快なんだけど』

思わず怒気のこもった口調でそう言うと、百合はフフッと歯を見せて笑った。

『そっちなんだね、怒るの。まあいいや。ほらね、人間なんて好きなもののことになったら大概相手からは理解されないものだよ。私には知らない魅力が、間久辺君にはあるんでしょう？　だったら冴子も、自分が理解出来ない間久辺君の趣味をキモいなんて言ったら駄目だよ。それこそ「なにも知らないくせに」って相手を怒らせちゃうよ？』

ウチはハッとして言葉が出なかった。

百合の言っていることは正しいと思う。趣味嗜好は人それぞれだし、感性だってバラバラだ。それこそ、ウチだってファッションのことになると周りが見えなくなるくらい熱中して、呆れられることもよくある。

だけど、間久辺にはウチのことをわかって欲しくて、土曜日は買い物に連れ回したんだ。それなのに、あいつは文句一つ言わなかった。ただ黙って、ウチが満足するのを待ってくれていた。

だというのに、興味を持ってくれないことに腹を立て、ウチは一人でむくれて、間久辺を困らせた。

あいつからしたら、きっとファッションに夢中になることは理解出来ないことなのよ。ウチがオタク趣味を理解出来ないように。

だからって相手の好きなものを否定し、気持ち悪いことだと決めてかかる権利は誰にもない。ましてや、それで間久辺を嫌いになることなんて、絶対にありえない。

約束をドタキャンしたのだって、きっとなにか大切な用事が出来てしまって来られなくなったんだわ。あいつ、他人のためなら自分を投げ出してしまうようなお人好しだもん。きっとそうよ。

ウチはそう結論付けて、頭の中を切り替えることにした。

『しょうがない。今日は百合で我慢することにするわ』

『なにそれ、急な誘いに付き合ってあげてる私に失礼じゃない』

百合は軽く吹き出して、軽口をたたく。

『まあまあ、細かいこと気にしないで。さあ、街に繰り出すよ！』

そうして、ウチらは電車を降りて街にやってきた。

昨日は間久辺に遠慮して回れなかったショップもあったし、今日は思い切り見て回ろう。

そう思い、改札を出ると、目に飛び込んできた光景に思わず足が止まった。

本来なら多くの人で溢れ返っているはずの休日の駅前には、人の姿が見られなかった。

いや、厳密に言えば人はいる。だけど、あまりにまばらで、それがウチらの知ってる駅前とは思えなかった。

『今日って、日曜日だよね？』

そう言って、百合も不思議そうに首を傾《かし》げた。

ウチは頷きながらも、駅前に起きている異変を説明することが出来なかった。

なにが起きてるの、いったい。

そうして周囲を見渡すと、チャラい見た目の男たちが、なにか慌てた様子で走っていく姿が目に入る。

『あっちだってよ』

『早く行かないと終わっちまう』

などと口々に言いながら、彼らは同じ方向に向かって行く。

最後に聞こえた『——線引屋』という名前に思わず反応し、百合の方を見ると、やはり彼女は爛々《らんらん》と目を輝かせていた。

ウチは、思わずため息を吐いた。

この目をした百合は手がつけられない。彼女とは高校入学以来の付き合いだけど、すでにこの野次馬根性丸出しの目を何度見てきたかわからない。百合はなんにだって興味を示すし、ましてやそれが自分のお気に入りともなれば、その行動力は凄まじい。

『私たちも行こう！』

ほらね、やっぱり。

百合の言葉に渋々付き合うことにしたウチは、人の流れに乗って進んで行った。高架線に沿って、人々が押し寄せて行くのが見える。これ全部、線引屋とかいう絵描きを見るために集まってるわけ？

あらためて思うけど、異常な熱気だわ。

アイドルやタレントじゃあるまいし、なにがそんなに人を惹《ひ》き付けるのかしら。アウトローとかアンダーグラウンドに憧れる気持ちはわかるけど、この盛り上がりは異常としか思えなかった。それだけの魅力が、線引屋という人物にはあるということなのかしら。

趣味嗜好は人それぞれと言ったけれど、やはりこればっかりは、ウチには理解出来そうにない。

そんなことを考えながら、ゆっくりとした流れで進んで行くと、やがて人々の視線が一か所に集中していることに気付く。

全員が固唾を呑んで見守る先には、掃除機みたいな機械で、壁に向かって水を噴射して絵を描く後ろ姿があった。

パーカーのフードを被った人物を見て、百合が叫ぶ。

『線引屋さんだっ！』

ウチらがその場所に到着したときにはもうすでにほとんど絵は完成していて、最後に線を描くと、線引屋は振り返った。

その姿に、ウチは思わず固まった。

え、だって、あれ？

なんでよ、こんなの、おかしいじゃん。

いままで線引屋に興味なんてなかったから、百合に言われても話半分に聞いていたし、画像なんかもきちんと見なかった。だから、初めて見る線引屋の姿が信じられなかった。

ねえ、どうして――……

『――どうして、あのマスクを線引屋がしているの？』

『なに言ってるのよ冴子。あれこそ線引屋さんのトレードマーク、ドクロのガスマスクじゃない』

百合はそう答えると、再び熱狂の方に意識を向けた。

その隣でウチは、ガスマスクをジッと見つめながら考えていた。

だってあれは、文化祭の日に不良たちからウチを助け出してくれたときに、あいつが――間久辺が手に持っていた物。

てっきりあのマスクは、不良たちのアジトに落ちていたのを手に取っただけかと思っていたけど、それが線引屋のトレードマークなのだとしたら話は変わってくる。

あらためて考えてしまう。

今日、間久辺はどうして約束を断ったの？

急用って、いったいなんなのよ。

いくら考えても、答えは得られなかった。

そして、現れた警察官たちが騒ぎを収めようと声を張った。

だが、集まった人たちの熱はおさまるどころか、完成された絵を見て盛り上がりは最高潮に達する。

『ああ、どうしよう。本当に、本当にもう、私、ダメかもっ。線引屋さん格好良すぎるよっ！』

隣で興奮した様子の百合とは対照的に、ウチは目の前の光景を受け入れられずにいた。

やがて集団は大合唱するように、『マスターピースッ！』と歓声をあげる。

百合も一緒になって叫んでいるが、その頬が真っ赤に染まっているのは単純に熱気によるものか、あるいは心の問題か、ウチにはわからない。

わかることは、ウチの隣に間久辺がいないという事実。

『間久辺のことなにも知らないじゃん』

なんて、ウチはさっき百合に言ったけれど、知らないのはウチも同じだ。

狂ったように叫ぶ人々の視線の先には、ドクロのガスマスクを被った絵描きの姿がある。

熱を帯びた視線を向ける百合とは正反対に、ウチは心にモヤがかかったまま、ただ呆然《ぼうぜん》とその姿を眺めることしか出来なかった。

それが、昨日の出来事。

百合に促されるまま教室を出たウチは、夕日の差し込む廊下を下駄箱《げたばこ》に向かって歩いていた。

「ねえ冴子、昨日のことまだ怒ってるの？　間久辺君だって別に冴子に会いたくなくて断った訳じゃないって」

　そうか、百合はウチが約束を断られたから機嫌が悪いと勘違いしているのか。

「別に、怒ってないわ」

「ウソ。今日一日見てたけど、冴子、一度も間久辺君に話しかけなかったじゃない」

　怒っていないと言っているのに、しつこく絡んでくる百合。少し頭にきたウチは、思わず語気を強めて返す。

「それがなに？　あいつとウチはこれまでずっと関わりなんて持たなかった。むしろ毎日話す方がおかしいのよ。実際、クラスの連中が遠巻きにウチと間久辺のこと不思議そうに見てるの気付いてるし。ほら、やっぱり話しかけない方が普通なんだってば」

　なんか、もういい。

　もうわからなくなった。

　少なくともウチが一番クラスの中で間久辺を理解していると思っていたし、あいつ自身も少しずつではあるけど、心を開いてくれているんだって、そう思っていた。だけどそれは大きな間違いだった。

　ウチはあいつのことをなにも知らない。知りたいと思って近づこうとしても、あいつの方が距離を取ろうとする。きっと間久辺にとって、ウチは、ただのクラスメイトでしかないんだ。

そう思ったら、声をかけるのが怖くなった。

困ったような顔で笑いかけるあいつが、あのガスマスクの下ではどんな顔をしているのか知らない。それがどうしようもなく嫌だった。

「本当にいいの？」

百合は、そう言って顔を覗きこんできた。

思わず立ち止まったウチに、百合は笑顔でこう言った。

「がんばるって、決めたんじゃなかったの？」

「っ、がんばってるじゃん！」

いきなり大声を出したせいで、百合はその場で固まった。

「共通の話題なんてないけど、それでも頑張って話しかけてるよ！　そうしないと、これまで間久辺にしてきたこと、いつまでも忘れてもらえないから。だから、頑張ってアプローチかけてるじゃん。でもさ、ウチが話しかける度に、あいつ顔が引きつって一歩距離を空けるのよ。わかる？　それがどれだけ辛いことか！　百合の言った通りだった。あいつは、ウチのことを怖がってる。許してなんてくれないのよ。バカにして笑い者にして、それだけのことをウチはしてきたんだからっ！」

まくし立てるように気持ちを吐き出すと、少し冷静さが戻ってきた。そうなると、感情的になってしまった自分が嫌になる。応援してくれた相手に対して八つ当たりするなんて、ほんと、なにやってんだろ。

すぐに謝ると、百合は笑顔を崩さないまま、ふるふると首を左右に振った。

「ごめん、百合」

でも、それがウチの本心であるのは間違いなかった。百合には悪いけど、もうわからない。

どうしてウチ、間久辺のこと好きになったんだろう。

不良たちから助けられたことで、あいつに興味を持ったのは間違いない。だけど、それ以前にウチらは遠すぎる。なにも知らないあいつのこと、想い続ける自信がない。

別に悪いことをするな、なんてお利口さんを気取るつもりはない。だけど、少なくともあいつにとって、あのお絵描きがウチとの約束よりも優先すべきことだったんだ。

そう思うと、怒りとか悔しさとか、そういうものがない交ぜになった感情に心が支配される。

廊下を進み、下駄箱《げたばこ》に到着すると、中から取り出したローファーに履き替える。外に出ると、いっそう強い夕日に一瞬目がくらんだ。

ウチより先に表に出ていた百合は、そっと近づいてきて指先で示した。

そこには、間久辺の姿があった。

スマホを見ながら、どこか清々しい表情で笑うその顔は決してウチの前では見せてくれないものだった。

「冴子、行かないの？」

「……だけど」

「迷っているなら行かないと。一日話さないと、翌日はもっと話しづらくなっちゃうよ？　それでもいいなら私はもうなにも言わないけど、怒ってないならきちんとそう伝えてあげた方がいいよ」

半ば強引に腕を引かれ、気付くと間久辺の背後に立っていた。

足音に気付いたのか、間久辺は振り返り、ウチらを見て驚いた顔をした。

「ちょっと間久辺君っ！」

なかなか切り出さないウチを見兼ねたのか、一歩距離を詰めた百合はそう言いながら腰に手を当てて間久辺を睨む。

「冴子から聞いたけど、昨日、約束してたのに急にキャンセルしたんだって？　駄目だよそんなことしたら。女の子には色々準備があるんだから、行けないならもっと早く連絡しないと」

「あ、ああ。そうだね。ごめん」

と、百合の言葉を聞いた間久辺は、いつもの困った顔で、キョドりながら頭を下げる。

「謝る相手が違うよ」

そんな間久辺に対して、百合は説教した。

間久辺はこっちを見ると、申し訳なさそうに眉尻を下げて言い直した。

「ごめんね、石神さん」

ウチは咄嗟《とっさ》に、別にいいけど、と答えそうになり言葉を呑んだ。

ううん、よくない。ぜんぜんよくない。

ウチはうつむいた顔を上げて、間久辺を見た。

「どうして来られなかったのか、それだけ教えて」

すると、言葉を探しているのか、なかなか口を開こうとしない間久辺。おどおどして、視線を泳がせていたが、うやむやに出来ないとわかったのか、やがてゆっくりと口を開いた。

「友人が、とても困っていたんだ。ぼくにとっては恩人みたいな人で、どうしてもその人の力になりたかった」

真剣な表情と言葉。ふざけているとか、面倒だからという理由で約束を断ったのではないとわかったためか、それまで黙って成り行きを見守っていた百合が間に入った。

「それじゃあしょうがないね。冴子も怒ってないって言ってたし、一件落着ってことで」

パンと手を打った百合は、間久辺が手にしていたスマホの画面を見て大声をあげた。

「あーっ！　それ、ストリートジャーナル⁉　間久辺君も読んだんだ。最新記事の線引屋さんもクールでカッコいいよね！」

「え、あ、うん……そうだね」

言い淀《よど》んだ間久辺は、そっとスマホをポケットにしまった。

百合はそんなことお構いなしに、昨日の興奮が呼び起こされたようにテンションが上がる。

「ほんとカッコいいなぁ。不良たちから狙われていた喧嘩屋を助けるために、自分の身を危険に晒してグラフィティを打つなんて、普通出来ないよ」

ウチはその言葉を聞いてハッとした。

『どうしてもその人の力になりたかった』

間久辺が言った言葉は真実だったのだろう。

助けたい友人のために、あいつはあんな無茶なことをした。一歩間違えば警察に捕まっていたかもしれないのに、それでもガスマスクを被った背景には、ウチの知らない事情があるはずだ。

そうか、やっぱりそうなんだ。

なにも変わらないじゃない。

ガスマスクの下で、あいつがどんな顔をしていたか、ウチは、本当は知ってる。あいつはいつも必死で誰かを助けようとしてるんだ。誘拐されたウチのことを、傷だらけになりながら救い出してくれた日のことは、いまでも薄れることなく記憶に焼き付いて離れない。その真剣な顔が、目を閉じるとすぐそこにある。

わからないことなんて初めからなかったんだ。少なくとも、ウチの知る間久辺はなにも変わっていない。ウチのことを必死で助けに来てくれた、あのときのまま、きっと。

見失いかけた感情が一気によみがえってくる。

いまはもう、迷いはない。間久辺を大切に想う気持ちに間違いなんてなかったんだ。

「ごめん。そろそろ帰るよ」

そう言って歩き去る間久辺の背中を、ウチはただ黙って見送る。いつかこの気持ちを、本人に伝えられたらいいなと、そう願いながら。

「はあぁ。いいなぁ、青春してるって感じ」

ウチを見てどこか羨むような視線を向けてきた百合。

「私も、線引屋さんに会いたいなぁ」

そう言葉を続けた彼女は、また深いため息を吐いて、朱に染まった頬に手を添える。

「ねえ冴子。線引屋さんって、どんな人だろうね」

なにも言えないウチに対して、百合は羨望《せんぼう》に染まる瞳を向けてきた。

ウチは、耐えられなくなって思わず視線を逸らす。

言えない、言える訳ない。

だって、あいつは――間久辺は百合に憧れを抱いている。そんなの、目を見れば一発でわかる。あいつの視線の先に誰がいるのか気付かないほど、ウチは鈍感じゃない。

言えない、言える訳ない。

線引屋にこれほど熱をあげてる百合が、その正体を知ってしまったら、二人は……

「ねえ冴子。私は、間久辺君との仲、応援してるよ」

百合は紅潮《こうちょう》した頬を吊《つ》り上げると、満面の笑みを浮かべた。

そして、ウチが欲しくても手に出来ない、人形のような愛らしい笑顔を向け、こう言った。

「だから冴子も私と線引屋さんとのこと、応援してね」

ウチはその屈託《くったく》ない笑顔を目の当たりにして、怖くなった。

とても敵わない。

間久辺の瞳は、いつも百合の笑顔を追ってる。

そう思ったら、とても頷くことなんて出来なかった。

辛うじて口を開いて出たのは、「もう行こう」という短い言葉だった。

ウチは曖昧に誤魔化した後ろめたさと、彼女の可愛らしい笑顔を見ていられなくて、夕日の眩しさを理由に、また視線を逸らした。

30

騒乱の一日が過ぎ、オレはあらためて今回の一件について考えてみた。

そもそも、オレが正義の味方として、アカサビと呼ばれながらもがむしゃらに走ってきたこの三年間は、無意味だったのか？

これまで、オレが動いたことで救われたと礼を言ってくれた人もいた。だけど、そうして正義の味方の真似事をしたことで、トラブルに発展したのもまた事実だ。

オマワリの死後、高校を退学になったオレは、街で困っている人を助ける活動に励《はげ》んだ。そうすれば、自分のせいで亡くなったオマワリへの、罪滅ぼしになると勝手に思い込んで。だけど、実際のところはそうじゃなかったのかもしれない。オレは、オレが正義の味方をオマワリの代わりにやることで、本当なら果たさなければならなかった責任から逃《のが》れようとしていたのかもしれない。

そもそもオレは、オマワリの墓前《ぼぜん》で一度も手を合わせてもいないし、残された家族に挨拶すら出来ていない。ずっと現実から目を背け、逃げ続けてきたが、今回の一件であらためて自分の行動を振り返ったとき、果たすべき責任について考えさせられた。

そこでオレは、オマワリが生前話してくれた記憶を頼りに、彼の家に行ってみることにした。駅からは少し離れているとはいえ三〇代で一軒家を購入するのは大変だったと、困り顔で、だけど嬉しそうに話していたオマワリが、いまでも思い出される。

正確な位置まで記憶していなかったため、聞いていた場所付近の住宅街を一軒一軒調べていくと、その中に見覚えのある苗字を発見し、思わず息を呑んだ。表札には三つの名前が記載されていて、一番上の名前には見覚えがあった。いや、見覚えなんてレベルの話ではない。そこに記されていた名前は、まぎれもなくオマワリのもの。

周囲をあらかた見てみたが、同じ苗字の家はなかったため、同姓同名という可能性はないだろう。恐らくここがあの人が住んでいた家で間違いない。

家の様子をうかがってみると、いまでも人が生活しているのが、玄関先の小さな植木鉢からわかった。誰かが手入れしているということは、この家に住んでいる人がいるということだ。

家の前で立ち尽くすオレは、それ以上一歩前に進むことがどうしても出来なくなった。

いまさら、どの面《つら》下げてオマワリの家族に会えばいい。少なくともオレが関わるようにならなければ、あの人が命を落とすこともなかったんだ。

三年という月日が経過したいまなら、オレは自分の責任を果たすことが出来ると思っていた。だけど、結局オレはあの日のまま、なにも変わってはいない。いざあの人の家族に会うことを考えると、どうしても体が動かなくなる。

どれだけの不良を前にしても、ここまで怖いと感じたことはない。ここから逃げ出しそうになる。

だけど、それでは駄目だと自分の足を殴りつけて、オレは大きく一歩を踏み出した。インターフォンを前にして、持ち上げた手の指先が震える。緊張を少しでも和らげるために深呼吸をしようとしても、息がまともに吸えなくて、溺《おぼ》れたように息苦しい。

これからオレがしようとしていることは、相手にとって迷惑なんじゃないか。ただ会って罪を懺悔《ざんげ》することで、気持ちが楽になるのはオレだけだ。いまさら、オレが姿を見せたところで、亡くなったオマワリが戻ってくる訳でもない。それなら、そっとしておいた方がむしろ残された遺族にとっては良いのではないか。

そんな葛藤《かっとう》を何度も繰り返しながら、オレはそれでも伸ばした手をおろさなかった。罵《ののし》られてもいい。門前払いを食らうことも覚悟の上だ。それでも、やはりオレは筋を通すべきだと思う。

だからオレは、震える指先で、しっかりとインターフォンを押し込んだ。

高い音で呼び出しの音が聞こえてきて、緊張感がさらに高まる。すぐに、インターフォンの横に取り付けられているマイクから女性の声がして、オレは息が止まりそうになった。きっと、あの人の奥さんに違いない。

ここにくるまでの間に、散々なにを言うべきか考えてきたというのに、いざその場面になったら頭の中が真っ白になった。

「……あの」

という困惑した声がマイクから聞こえてきて、オレは慌てて言葉を探した。そして、ようやく絞り出した言葉は脈絡もなく、滅茶苦茶な順番だった。だけど、遠回りになりながらも、オレ自身の名前と、生前、亡くなったオマワリに世話になったということを伝えると、マイクの向こうで女性の声が少し明るくなった気がした。

その声から、三年という歳月は、すべての人に平等な時間をもたらす訳ではないのだと感じた。オレよりもずっと辛いはずの女性は、オマワリの話題が上がった途端に嬉しそうな声になっていた。

玄関が開き、そこに立っていた女性は間違いなく美人だったが、招き入れるときにかざした手の皺《しわ》などから、日々の生活の苦労がうかがえて、オレは見ることが悪い気がしてそっと目を逸らした。

家にあげてもらい、廊下を歩いていると、彼女は言った。

「生前、旦那《だんな》からあなたの話を聞いていたわ」

オレは、どう答えていいのかわからなくなる。

そして、通された部屋は小さな四畳ほどの仏間だった。生活用品がなに一つ置かれていない部屋の隅に、仏壇《ぶつだん》だけが置かれていて、その豪奢《ごうしゃ》な装飾に目が奪われる。

「お線香だけでもあげていってね」

と女性に言われ、オレは頭を下げながら部屋の中に入った。うつむき加減に室内を進み、仏壇の前までやってきたオレは、そこで顔を上げた。

目に飛び込んできたのは、笑顔で映るオマワリの遺影。それを見た途端、オレはその場に膝から崩れ落ち、体を支えることも難しくなった。

堪《たま》らずうずくまり、嗚咽《おえつ》が込み上げてきて、目頭が熱くなってくる。人前だとか、他人の家だとか、そういう頭がまるきり働かない。

もう三年も前から理解していたはずなのに、そこにハッキリと映るオマワリの姿が、もう彼がこの世にいないのだということを確かに告げていた。こうして現実を目の当たりにした途端、涙が溢れて止まらなくなった。

情けねえ。いまのオレを見たら、オマワリはこの遺影の中のように、きっと笑うことだろう。

慌てて駆け寄ってきた女性は、オレの背中をさすりながら、なにか慰《なぐさ》めの言葉のようなものをかけていたような気がする。

ただ、その言葉が頭に入ってこないくらい、オレは涙を流し続けた。同時に、嗚咽に交じりながら何度も「ごめんなさい」と謝り続けた。

その後、オレが落ち着くのを待って、女性はオレをリビングに招き入れた。そこでお茶を勧められたが、オレは喉を潤すのも忘れて、あらためて謝罪の言葉を口にした。

まずはいきなり押しかけて、みっともない姿を見せてしまったこと。そして、生前、オマワリには沢山世話になったにもかかわらず、これまで挨拶にもこられなかったことを謝った。なにより伝えなければならない、オレがオマワリの死に深く関わっていたのだということを、すべて説明した。

　どんな反応が返ってくるのか、待っている時間が恐ろしく長く感じる。怒鳴《どな》られるだろうか。それとも、泣かれてしまうだろうか。

　永遠にも近いような一瞬の静寂《せいじゃく》のあと、女性は小さく頷くと、一言。

「ええ、なんとなく知っていたわ」

　そう言って、優しく微笑んだ。

　思わず目を剥くオレに、女性は淡々と告げる。

「さっきも言ったけど、生前、あの人はよくあなたの話をしていたわ。立場上、仕事の話は家でしなかった人だったけど、いまどき珍しい面白い男の子に会ったって嬉しそうに話していたのを覚えている。ときには本当に楽しそうに、ときには困った風に……だけど、いつも決まって最後はこういう言葉で終わってた。『どうしたもんかな?』って。いま思うと、あれはきっと、本当に困っていたときの反応だったのよね。本気でその男の子の力になりたいから、本当なら家でしないような仕事上の話をしていたんだと思う。私の意見が、もしかしたらその男の子のためになるかもしれないと思って」

　オレは、彼女の話を聞いて、まるでオマワリ本人の言葉を聞いているような錯覚《さっかく》に見舞われる。あの人なら、そう言うような気がした。オレなんかより、ずっと側にいた彼女だからわかる信憑性《しんぴょうせい》が、そこには確かに存在していた。

「だからって訳じゃないけど、あなたのことを他人だと思えないのよね。それよりも、ようやくお話することが出来たって喜びの方が大きいわ」

「そんな優しい言葉、オレにはもったいないです。だって、オレは責められて当然じゃないですか。オレのせいで、あの人は命を落としたんですよ」

うん、と深く頷く彼女。

「確かに、あなたに関わることで旦那は命を落としたのかもしれない。だけど、それ以前に警察官として、彼は職務を全うしたのよ。もしも恨むとしたら、彼の命を奪った張本人と、あと、危険が伴う仕事だってわかっていて、止めることが出来なかった私自身よ」

「それは違いますっ！」

そう否定したオレだったが、彼女はなおも首を縦には振らなかった。

「違わないのよ。でもまあ、きっと無理だったかな。だって私は、人一倍正義感の強いあの人が大好きだったの。だから、彼が命を落とした理由を考えるよりも、彼が正義の味方として生きていた事実を胸にしまっておきたい。後悔なんてしたら、それこそ彼が生きてきた証そのものを否定することになってしまうから」

だから、オレのことも責めないのだと彼女は言った。

現実から逃げ出したオレを、許すと彼女は言う。

「そんなことが許されていいんでしょうか？　だってオレは、ずっと逃げていたんですよ。本当だったら、もっと早く頭を下げにこないといけなかったのに、三年も経ってからのこのこ現れて……最低です、オレは」

「ねえ。もしかして忘れてない？　私たち、前に一度顔を合わせているのよ」

「え？　……どこで、ですか？」

「本当に覚えていないのね。病院よ。あなたが救急車を呼んでくれて、旦那が運ばれる病院までついてきてくれていたじゃない。私が到着したときに、真っ青な顔をした男の子がいたのを覚えているわ。あれが、あなただったんでしょう？」

確かにそうだ。オレは救急車でオマワリが搬送《はんそう》された病院に、一緒について行った。だけどそのときの記憶はほとんど曖昧で思い出せない。というより、自分にとってあまりにもショックが大きすぎる出来事だったため、脳が記憶をブロックしているのだろう。

「あのときは、ごめんなさいね。こっちも焦っていて気の利いた言葉の一つもかけてあげられなかった。辛かったでしょう？」

「そんな……そんな言葉、オレは貰う権利ありません。だって本当に辛かったのは、家族の方に決まってる。オレなんて――」

そこまで言いかけて、オレは次に続く言葉が出てこなくなった。オレなんて、赤の他人です。そう言おうとしたけれど、言葉が続いてこなかった。

だって、それはオレの本心ではなかったから。

相手のことまでは知らない。オマワリは、仕事柄オレの相手をしていただけなのかもしれない。事実、警察官じゃなかったらオレに声をかけることはなかったはずだ。

だけど、きっと義務感だけではなくて、オマワリは心の底からオレを心配してくれていた。そんな人の言葉だから、オレの心に深く沁《し》みついているのだろう。

オマワリの言葉、一つ一つが、オレにとってはかけがえのないものなんだ。だってあの人は施設育ちのオレにとって――父親をイメージさせる存在だったから。

だから、赤の他人だなんて言葉、嘘でも言えない。

言い淀むオレの姿を見て、なにごとかを察した彼女は、「ありがとう」と言った。

「あの人のことを、ここまで想ってくれて、ありがとう」

その言葉に対して、オレはなんと返したらいいのかわからなかった。考える間もなく、昼寝中の子供が起き出してきて、知らないオレを見て泣き出してしまったのだ。

幼い子供を細い腕で抱き上げながら、あやす女性に向けてオレは問いかけた。

「もしかして、その子」

「ええ、私とあの人の子供よ」

オマワリが亡くなる直前、生まれたばかりの子供のことをよく話していたっけ。まだ赤ん坊で、何度か見せられた写真では首も据わってなかったというのに、いまでは一人で歩くことも出来ていた。人の感情よりも、子供の成長がなによりも時間の経過を感じさせた。

あまり長居するのも悪いので、オレは挨拶を済ませて最後にもう一度、仏壇に手を合わせると、今度こそ家を出ることにする。玄関へと向かう廊下で、オレを見送るためについてきていた女性が言った。

「街を守る正義の味方になるのが、あの人の夢だった。そんな彼の意志をあなたが受け継いでくれた。どうもありがとう。その髪の毛って、あの人の最後の姿を真似ているんでしょう?」

どうしてわかったのだろう。

そのことを聞くと、彼女は笑って答えた。

「そんなのわかるに決まってるじゃない。旦那の搬送先の病院で見たときのあなたは、普通に黒髪だった。だけど、こうして現れたあなたは、担ぎ込まれたあの人の最後の姿にそっくりな、赤い髪になっていたんですもの」

そうか。気付いていたのか。

まあ、考えてみれば不自然だった。オレの見た目は、初対面の人間にはまず間違いなく受け入れられない。言葉に出さなくても、態度で物語っている場合が多いのだが、彼女は玄関先でオレの姿を見ても、ほとんど動じなかった。

それは恐らく、気付いていたからだ。オレが亡くなったオマワリの最後の姿を真似ていると。

「実は、あなたのことはインターネットで見て知っていたのよ。旦那が不良に襲われて命を落としてから、どうしても街の治安のことが気になってしまって、定期的に街のことについてインターネットで調べていたの。だから、赤い髪の喧嘩屋の話も知っていたわ。そして、その人物が自分のことを、正義の味方と名乗っていることもね」

まさか、オレがしてきた活動に気付いていたとは思いもしなかった。

彼女は続けて口を開いた。

「だけど、もう無理しないでいいのよ。あなたはあなた自身のために、人生を歩まないと駄目。そのためには、お願いだから自分のことを大切にして。ネットの記事に書かれているような、大勢の不良たちから身を狙われるようなことは、もうしないで。そんなことをあの人は望んでいない。きっと、あなたが幸せになることが、あの人の望みなはずだから」

今回の騒動が、どこかネットの記事で扱われているようだ。その記事を読んで本気で心配してくれる彼女に対し、オレも真剣に気を付けることを告げる。すると彼女は、安堵したように息を吐いた。

そして、今度こそ帰る支度を整えたオレは廊下を進んだ。

帰る直前まで、言うべきか言わざるべきか考えていたことがあった。そもそも、オレがこの場所で果たさなければならないと思った責任は、そのことだったのだ。

謝罪も大切だが、それよりもっと残された遺族にとって大切なこと。

玄関先で、靴も履き、もう家を出るだけという段階になって、ようやく言う決心が固まった。

「――オマワリの最後の言葉を、あなたに伝えます」

そう切り出してから、オレは三年間、言えずにいた言葉をようやく伝えることが出来る。

救急車で搬送されている中で、ほんの一瞬だけ意識が戻ったときに彼が発したのは、短い三文字の単語が二つだった。

それは、この家に訪れたときに表札で確認した、オマワリの名前の下に書かれていた二つの名前。すなわち、彼女と、息子の名前だった。

あの人は、最後に家族の名前を口にしていたのだ。

どれだけの想いがその呟きにこもっていたのか、想像を絶する。

本来、こんなことをいまさら伝えたところで、どうなる訳でもない。それでも、やはりオレには最後の言葉を、残された遺族に伝える義務があると感じた。その一言が、もしかしたら癒《い》えたように見えた彼女たちの心の傷を、再び開いてしまうかもしれない。だけど、逆にその言葉があったから、前を向いて歩く決心がつくこともあるだろう。

直接彼女の顔を見て話すことが出来なかったオレは、さっきからずっと彼女の足元ばかりに目を向けていた。

すると、フローリングの廊下に数滴の雫《しずく》がこぼれ落ちたのを見て、オレは慌てて顔を上げる。

そこには、さっきまで笑顔でオレを気遣ってくれていた姿はなく、彼女の瞳は涙で塗れていた。

オレはその姿を見て、なんて失礼なことを考えていたのだろうと自分を恥ずかしく思った。

この家に入る前、インターフォンから聞こえてきた彼女の声が、思っていたよりも明るかったから、三年の歳月が彼女の心の傷をある程度は癒やしているのだと思い込んでいた。

だけど、そんなことは決してなかった。どれだけの月日が経とうとも、彼女の中でこの悲しみが本当の意味で消えることはない。

ただ、オレは伝えてしまったことを後悔はしない。それは、涙をこぼしながら、彼女がオレの手を掴んで、何度も「ありがとう」と言っていたからだ。

その姿を見て、彼女の涙が悲しみに暮れているだけのものではないということがわかった。最後まで正義の味方を貫いていたオマワリだったが、その本当の最期の瞬間だけは、彼女たちの家族であることを選んだ。きっとそれは、予期せぬ別れを余儀なくされた彼女たち家族にとって、せめてもの救いとなることだったのだと思う。

家を出たオレは、夕日の眩しさに一瞬目が眩《くら》んだ。あまりの眩しさに目をこすると、さっきこぼした涙の残りが腕を濡《ぬ》らした。

『もう無理しないでいいのよ。あなたはあなた自身のために、人生を歩まないと駄目』

女性がさっき言ったその言葉は、オレを縛っていた過去という名の鎖をほどいてくれた気がした。

とはいえ、オレという人間がなにか変わる訳ではない。これからも、街で困っている人間を見たらオレは助けるつもりだ。それでも、これまでみたいに、半ば義務感に迫られるようなことはないだろう。

いままでのオレがやってきたことは、贔屓目に見ても正義の味方とは言えなかった。誰かのためになにか行動を起こさないといけないという強い強迫観念に駆られるあまり、自分を蔑《ないがし》ろにするような真似をしてきた。だが、それで傷つく人もいるのだということが今回の一件でわかった。

誰かのために自分を犠牲にする行為は、尊いことだとオレは思っている。だけど同時に、その残酷さもオレは理解しているんだ。いや、理解させられたと言った方が正しいのかもしれない。

オマワリの家族はいまでも時々、思い出しては悲しみに暮れているようだった。きっと、これからも一生、その悲しみと付き合っていかなければならないのだろう。

だからこそ、彼女はオレに言ったんだ。

自分の人生を歩めと。それこそが、自分の命に代えてオレを救ってくれたオマワリの——正義の味方の願いだとわかっていたから。

これまで、人助けを贖罪《しょくざい》の道具にしてきたオレだが、これからは義務感ではなく、自分自身の意志を貫いていきたいと思う。

誰かの助けになりたい。その純粋な願いこそが、オレが憧れた男の行動理念だった。

だからオレは、少しずつでも変わっていきたいと思う。

喧嘩屋と呼ばれながら、真っ赤な嘘で塗り固められた欺瞞《ぎまん》に満ちたこのオレが、本当の意味で、正義の味方になるために。

エピローグ

《オンライン版　ストリートジャーナル》
若者文化の現在《いま》を斬り取るWEBマガジン！

〔CONTENTS〕
【今若者に絶大な人気を誇るシルバーブランド　KT《ケイティ》】
【元暴走族が属する自警団による行き過ぎた世直し　街クリーン企画】
【編集部が振り返る、夜の街、度重なる抗争の歴史】
【芸術？　景観破壊？　CAGA丸氏が語るグラフィティとは】
【独占　謎のライターがスカイラーズを壊滅。その正体は？】
【マッドシティ最大の複合ショッピングビルが被害に】
【荒くれ者が集う地下格闘技の現場に秘密裏に潜入】
【薬物依存の恐ろしさを、元使用者が語る】

【ラッパー特集　MCバトル覇者、MC導歩《ドープ》インタビュー】
new!
【喧嘩屋と線引屋】

数時間が経過したいまでも興奮は冷めず、それをどこまで文字で伝えることが出来るのか、言葉で伝えることを生業《なりわい》とする記者としては失格だが、自信がない。筆者の語彙《ごい》の稚拙《ちせつ》さはさておき、とても筆舌にし難い事態を目の当たりにしたからだ。

『線引屋』

当サイトのみならず、ネットを中心にその名前を目にすることが最近増えている新進気鋭《しんしんきえい》のグラフィティライターが、再びグラフィティを描いた。

——さて、突然だが、リバースグラフィティという手法を聞いたことがあるだろうか。

排気ガスや埃といった蓄積された街の汚れを、高圧洗浄機等を使って落とし、そこに絵を浮かび上がらせる行為を指す、グラフィティの技法の一つだ。

壁をスプレーインクで染めるのが一般的なグラフィティである。それとは根本的に相反《あいはん》するリバースグラフィティは、法に抵触する恐れが少ないことから、一部では究極のグラフィティとも呼ばれるそうだ。

だがその反面、色彩に富むスプレーインクを使用したグラフィティと比べて、迫力という点で見劣りしてしまう。自己主張を本来の目的とするグラフィティとしては、致命的に地味というジレンマを抱えた、名ばかりの究極であった。

しかし、本当の意味での究極を、線引屋が形にして見せた。

昨日、線引屋は駅からほど近い高架線の壁にリバースグラフィティを実行し、多くの観衆の目を奪った。集まった数は一〇〇人を遥かに超えており、筆者もその観衆の中の一人だった。

線引屋の腕から紡《つむ》がれる一本一本の線が折り重なり、結実して絵が完成すると、誰からともなく称賛の声が飛ぶ。やがてそれは「傑作《マスターピース》」という賛辞《さんじ》の大合唱となって線引屋に向けられた。

そのときの盛り上がりは、アーティストのライブを凌ぐものであった。

しかし、あらためて考察してみると、イリーガルなライターである線引屋が衆人環視《しゅうじんかんし》のもとでリバースグラフィティを決行したリスクは計り知れないものがある。

正体が明かされてしまうかもしれないリスクを背負いながら、それでも彼を突き動かしたものがいったいなんだったのか。本記事ではその点について触れたいと思う。

表題にもある赤い髪の喧嘩屋の噂を、聞いたことがある人は少なからずいるだろう。

彼はいくつもの不良グループから恨みを買っていて、昨日、とうとう彼を狙って多くの不良たちが街に押し寄せる事態にまで発展したという噂がある。そして、リバースグラフィティを行った線引屋の方に不良たちが集まったことで、喧嘩屋が襲われることはなくなったとも言われているのだ。

この二人がどういった関係なのか、残念ながら取材をしてもわからなかった。だが二人が隣り合いながら、拳をぶつける姿を多くの人が目撃している。

伝説的な喧嘩屋と並び立つ新進気鋭のライター、線引屋。

彼は街で姿が確認されるようになってから、瞬《また》く間にその名を広く知られる存在になった。はたしてこの先、線引屋の名前はどこまで大きくなるのか、読者同様、筆者も楽しみなところだ。

（一一月一〇日　記者Tによる寄稿）

夕日に染まる下校路を歩きながら、ぼくは、ストリートジャーナルの記事を思い出し、思わず笑みをこぼした。

別に、アカサビさんと並び立つ存在と書かれたことに喜んだ訳ではない。

ストリートジャーナルのウェブサイトには、その記事に対する読者のコメントを書き込むページが用意されているのだ。そこには、あの日、現場に実際にいあわせて興奮したといった書き込みが多く見受けられた。

その中に、いくつか記事に関して否定的なコメントを書いているものが目に留まる。

【赤い髪の人に助けられたことがありますが、あの人は喧嘩屋ではありません――】

【赤い髪の喧嘩屋ってアカサビのことだろ？あいつもう喧嘩屋じゃねえよ。前に助けてもらったことあるからわかる――】

【以前助けてくれたあの人、不良に狙われてたんですか!?

大丈夫かなぁ。すごく心配……

あ、ちなみに、あの赤い髪の人は喧嘩屋じゃありませんよ――】

【少し前のことですが、不良に絡まれていたところを助けてもらいました。

あの人は意味もなく乱暴するような、喧嘩屋ではありません――】
【アカサビのアニキは、オレの人生の師匠。そして――】
【喧嘩屋と呼ばれて非行に走っていた時代を知るものです。
確かにアイツは、多くの不良の恨みを買うようなヤツでした。
だけど、いまは違う。俺を含め、多くの人を救ってきた――】

それらの書き込み、すべてに共通していたのは、かつてアカサビさんに助けられたことがあるということ。

そして……

【――正義の味方】

アカサビさんのことを、そう呼んでいる人がいるということ。

ぼくだけではなく、これだけ多くの人が彼を心配し、認めている。そのことが、どうしようもなく嬉しかった。

過去のことは、彼が語ってくれた以上のことをぼくは知らない。だけど、いまのアカサビさんは間違いなく正義の味方だ。

ぼくは、絶叫するように自らのことを否定した、真っ赤な髪の男の姿を思い出す。

ねえ、アカサビさん。

あなたは間違ってなんていなかったんですよ。だってあれだけ大勢の人が助けられたことに感謝して、あなたのことを認めているじゃないですか。

あなたがしてきたことは、方法こそ間違っていたかもしれないけれど、少なくとも、その精神は正しいものです。初めて会った公園で、ぼくを救ってくれたその姿は、間違いなく正義の味方そのものでした。

――真っ赤な嘘、なんかじゃなくて。

あとがき

こんにちは、作者の諏訪錦《すわにしき》です。

この度は『クラスでバカにされてるオタクなぼくが、気づいたら不良たちから崇拝されてててガクブル』の二巻を手に取っていただき、ありがとうございます。

二巻は、アルファポリスのサイト上に投稿していた『真っ赤な嘘』編に加筆したもので一冊となっております。追加したエピソードもかなり含まれているので、既にネットで読んだという人も楽しんでいただける内容になっているかと思います。

さて、一巻のあとがきでは本作のコンセプトについて書いたので、二巻ではストーリーの構成について触れていきたいと思います。

本作の軸は、主人公の間久辺が、線引屋となってグラフィティを行うことにあります。

一巻では、冴えないオタクの主人公が不良文化の一つ、グラフィティと出会い、ライターとして覚醒《かくせい》していく過程を描きました。そのため、ストーリーがブレないよう複雑な展開を避け、主人公が自身の安全のためにグラフィティを打つ場面を多く描いています。

二巻では、グラフィティの技術が向上し、線引屋としての知名度を手にした主人公が、困っている人のために、線引屋となってグラフィティを行使するという話になっています。

それに伴い、複雑な展開を避けた一巻とは違って、二巻では多くのキャラクターがそれぞれの感情で行動する、群像劇らしい展開になっているのではないかと思っております。

小説を書き始めた頃から、いまに至るまで、キャラクターを描写することに関してずっと苦手意識を持っています。ですが、こうして書き上げた小説が、多くのキャラクターの意志が交錯する群像劇だというのが不思議な感覚です。

それも、二巻がこうして形になったおかげです。

本作を手に取り、読んでくださった方々、どうもありがとうございました。本作の続きが読めるウェブ版も、引き続きよろしくお願いいたします。

二〇一七年九月　諏訪錦

平凡{Bグループ}を装う
学園のアイドル
地味男子×美少女
原作 櫻井春輝
漫画 梵辛
シリーズ累計
22万部!!
Bグループの少年X【クロス】1,2
The Boy Who belongs to Group "B" Cross
大好評発売中!
新感覚
ボーイ・ミーツ・ガール、開幕!
中学時代、「A（目立つ）グループ」に属していた桜《さくら》木《ぎ》亮《りょう》。彼は平穏に生きるため、高校ではひっそりと「B（平凡）グループ」に溶け込んでいた。ところが、特Aグループの美少女・藤《ふじ》本《もと》恵《え》梨《り》花《か》との出会いをきっかけに、亮の日常は大きく変化していく——!
大人気の青春エンタメ作品、リブート第1巻!!
◎B6判　◎各定価：本体680円+税
アルファポリス 漫画　検索
地味男子×美少女

本書はWebサイト「アルファポリス」（http://www.alphapolis.co.jp/）に投稿されたものを、改稿、加筆のうえ、書籍化したものです。

アルファポリス文庫

クラスでバカにされてるオタクなぼくが、気《き》づいたら不良《ふりょう》たちから崇拝《すうはい》されててガクブル2

諏訪錦（すわにしき）

2017年 10月 30日初版発行

編　集ー村上達哉・宮坂剛・太田鉄平
編集長ー塙綾子
発行者ー梶本雄介
発行所ー株式会社アルファポリス
〒150-6005東京都渋谷区恵比寿4-20-3恵比寿ｶﾞｰﾃﾞﾝﾌﾟﾚｲｽﾀﾜｰ5F
TEL　03-6277-1601（営業）　03-6277-1602（編集）
URL　http://www.alphapolis.co.jp/
発売元ー株式会社星雲社
〒112-0005　東京都文京区水道1-3-30
TEL　03-3868-3275
装丁・本文イラストー巖本英利
装丁・本文デザインーansyyqdesign
印刷ー株式会社暁印刷

価格はカバーに表示されてあります。
落丁乱丁の場合はアルファポリスまでご連絡ください。
送料は小社負担でお取り替えします。

ISBN978-4-434-23780-5 C0193